沉石与火舌:
特朗斯特罗姆诗全集
Samlade dikter och prosa
1954-2004

[瑞典] 托马斯·特朗斯特罗姆 著
李笠 译

南京大学出版社

雅众文化 出品

目 录

授奖词　1

译者序　5

17首诗（1954）　　第一部分
　　　　　　　　　27 序　曲

　　　　　　　　　第二部分
　　　　　　　　　30 风　暴
　　　　　　　　　31 夜——晨
　　　　　　　　　32 复　调

　　　　　　　　　第三部分
　　　　　　　　　34 致梭罗的五首诗
　　　　　　　　　36 果戈理
　　　　　　　　　37 水手长的故事
　　　　　　　　　38 节与对节
　　　　　　　　　39 激愤的冥想
　　　　　　　　　40 石　头
　　　　　　　　　41 联　系
　　　　　　　　　42 早晨与入口
　　　　　　　　　43 静息是溅起浪花的船头
　　　　　　　　　44 昼　变

第四部分
46 歌

第五部分
52 悲　歌
57 尾　声

途中的秘密（1958）

第一部分
63 荒僻的瑞典房屋
65 他醒于飘过房顶的歌声
66 天气图
67 四种脾性
69 随想曲

第二部分
71 午　睡
72 三点钟，伊兹密尔

第三部分
74 途中的秘密
75 足　迹
76 主啊，怜悯我们！

第四部分
78 一个贝宁男人
80 巴拉基列夫的梦

第五部分
84 劫　后

第六部分
86 旅行程式

半完成的天空（1962）

第一部分
- 91 夫　妇
- 92 树和天空
- 93 脸对着脸
- 94 音　响
- 95 穿越森林
- 96 兽皮缤纷的十一月

第二部分
- 98 旅　行
- 100 C大调
- 101 冰雪消融
- 102 当我们重见岛屿的时候
- 104 从山上

第三部分
- 106 浓缩咖啡

第四部分
- 108 宫　殿
- 110 锡罗斯
- 111 在尼罗河三角洲

第五部分
- 113 游动的黑影
- 114 挽　歌
- 115 活泼的快板
- 116 半完成的天空
- 117 夜　曲
- 118 冬　夜

音色与足迹（1966）
- 122 带解释的肖像
- 124 里斯本
- 125 选自非洲日记
- 126 坡　顶

127　礼　赞
130　冬天的程式
133　晨　鸟
135　论历史
137　孤　独
140　在劳动的边缘
142　某人死后
143　俄克拉荷马
145　夏天的原野
146　内陆暴雨
148　在压力下
149　打开和关闭的屋子
150　一个北方艺术家
152　在旷野
154　缓慢的音乐

看见黑暗（1970）

156　名　字
157　几分钟
158　喘息，七月
159　顺着江河
161　边缘地带
162　交　通
164　夜　值
166　敞开的窗户
168　序　曲
170　直　立
171　书　柜

小　路（1973）

174　给防线背后的朋友
175　一九六六年——写于冰雪消融中
176　十月即景
177　深　入
179　站　岗
181　沿着半径

- 183 地面透视
- 184 七二年十二月晚
- 185 解散的集会
- 187 五月暮
- 188 悲　歌

波罗的海（1974）
- 190 第一部分
- 192 第二部分
- 195 第三部分
- 198 第四部分
- 200 第五部分
- 204 第六部分

真理的障碍（1978）

第一部分
- 209 公　民
- 210 交界处
- 211 林间空地
- 213 暮秋之夜的小说开头
- 214 给马兹和莱拉
- 216 自一九四七年冬

第二部分
- 219 舒伯特模式

第三部分
- 223 画　廊

第四部分
- 230 摄氏零度以下
- 231 船——村庄
- 232 黑色的山
- 233 回　家
- 234 久旱后
- 235 局部森林

236 丰沙尔

野蛮的广场（1983）

第一部分
241 管风琴音乐会上的短暂休息
244 自一九七九年三月
245 记忆看见我
246 冬天的目光
247 车　站

第二部分
249 对一封信的回答
250 冰岛飓风
251 银莲花
252 蓝房子

第三部分
255 人造卫星的眼睛
256 一九八〇年
257 黑色明信片
258 火的涂写
259 许多脚步
260 尾　声

第四部分
262 梦的讲座
264 手　迹
266 卡丽隆
269 莫洛凯

为生者和死者（1989）
272 被遗忘的船长
274 六个冬天
276 巴特隆达的夜莺
277 四行体
278 摇篮曲

279 上海的街
281 欧洲深处
282 传　单
283 室内辽阔无垠
287 维米尔
290 罗马式穹顶
291 短　句
292 女人肖像——十九世纪
293 中世纪主题
294 航空信
296 牧　歌
297 金翅目

哀伤贡多拉（1996）

302 四月与沉寂
303 危险王国
304 夜晚的书页
305 哀伤贡多拉（之二）
309 有太阳的风景
310 东德十一月
312 自一九九〇年七月
313 杜　鹃
314 短诗三首
315 像做孩子
316 两座城市
317 光芒涌入
318 夜间旅行
319 俳　句
323 来自一八六〇年的岛屿
324 沉　寂
325 仲　冬
326 一幅一八四四年的速写

监　狱（2001）　　327

巨大的谜（2004）

334　鹰　崖
335　屋　墙
336　十一月
337　雪飘落
338　签　名
339　俳　句

记忆看见我（1993）

359　记　忆
364　博物馆
368　人民小学
371　战　争
374　图书馆
378　初　中
385　驱　魔
388　拉丁语

译后记　393

附　录　398

授奖词

尊敬的陛下、尊敬的皇室成员、尊敬的朋友：

特朗斯特罗姆是当今世界文坛上富有影响力的为数不多的几位瑞典作家之一。他的作品已被翻译成六十多种语言，在世界多地成为举足轻重的诗歌文本。诺贝尔奖获得者约瑟夫·布罗茨基曾经公开承认，他不止一次窃取过特朗斯特罗姆诗中的意象。去年，在中国，我在与中国诗人交往时发现，特朗斯特罗姆是他们诗歌写作的一个楷模。

如何解释这一现象？因为他诗中的出色意象？我认为这只是一半真相，另一半则取决于他的视野，对活生生的日常生活的通透体悟。

让我们在《卡丽隆》——教堂乐钟——一诗前先逗留片刻。诗中的"我"置身布鲁日的一家廉价酒店，张开双臂躺在床上，"我是一只紧抓住水底，将头上飘浮的巨影拴住的铁锚"。或者，我们可以再举同一首诗里对人的孤立无助的描述："我的岸很低，死亡上涨二公分，我就会被淹掉。"这里,重要的不是这些单个意象,而是诗句中所呈现的整体视野。这个很容易被淹没的"我",代表了手无寸铁、毫无防范的中心。在这里,所有时间、所有地点都统统被编织在了一起。那个拴着巨大陌生物的铁锚,也同样属于这一谦卑的"自我"。但诗中也存有一个反向运动。旅馆窗外,"野蛮的广场"向四面八方扩展,灵魂投射在上面:"我内心的一切在那里物化,所有恐惧,所有期待。"这一运动既朝里,也朝外。一会儿布袋接缝崩裂,让教堂钟声飞越过佛兰德斯;一会儿又让钟声送我们回家。而正是这一隐喻的巨大呼吸,孕育了鲜活精美的诗歌质地。诡异的是,这首内容丰富、构造精美的诗几乎轻得像一根羽毛,却直捣人心。

同样的呼吸在《波罗的海》一诗也有。那描写理解和误解的出色意象,在那里被编织进"敞开的大门"与"关闭的大门",因"其他海岸"而呼啸的风与给此岸留下"荒寂"的风这一相反相成的景观里。

但特朗斯特罗姆诗歌宇宙里的运动,首先是指向中心的。在他的精神视野下,各类不同的东西汇聚在了同一时间和空间里。《途中的秘密》一诗里那间"容纳所有瞬间的屋里——一座蝴蝶博物馆"让我们记忆犹新。和那些在天上摸索的诗人相反,他在自己的第一部诗集的第一首诗中写道:"醒,是梦中往外跳伞。"这是典型的特朗斯特罗姆式的朝着中心、朝夏日大地的深入运动。

在《舒伯特模式》一诗里，这一向中心运动的精准，被飞行六星期穿越两个大陆的燕子捕获，它们"返回同一社区同一谷仓屋檐下的去年的巢穴……直奔隐没在陆地的黑点"，这与舒伯特"从五根弦普通的和声捕捉一生信号"的作曲技法有着异曲同工之妙。

特朗斯特罗姆的世界随着时间的推移而变得愈加广阔。瑞典版图扩展成闪光的螺旋状银河、纽约以及"奔醒我们沉睡的地球"的上海的人群。他的诗常常带有变幻的政治风云，但更多的还是一目了然的自在的姿态。"我持有遗忘大学颁发的毕业证书，且两袖清风，像晾衣绳上挂着的衬衣。"特朗斯特罗姆正是以这种轻松的权威语气，说出了我们很多人心里想说的话。每个人，诗人在早年写道，"都是一扇半开的门／通向一间共有的房间"。我们最终都将站在那里——这间容纳所有瞬息的房间，此刻容纳了我们所有的人。

亲爱的托马斯，今天，我十分荣幸地在此表示瑞典文学院对你的祝贺，并请你上前，从尊敬的国王手中领取诺贝尔文学奖。

译者序

一 奇迹

今年圣诞节斯德哥尔摩没下雪。树,依旧像两百年前那样黑着;窗口蜡烛,依旧像两百年前那样亮着。下午三点,天也像两百年前那样黑了下来。但无人对此惊讶。这并非奇迹。

奇迹是意外,是突然变成现实的已经绝望的期盼。2011年10月6日是一个奇迹,它让瑞典诗人托马斯·特朗斯特罗姆(Tomas Tranströmer,1931—2015)获得了举世瞩目的诺贝尔文学奖!我欣喜,就像是自己获得了这一荣誉。十二年前翻译特朗斯特罗姆诗歌全集的时候,我希望他能得诺奖。"这对世界诗歌会有促进作用!"五年前,我相信他要得,因为他是世界上活着的最好的诗人!然而两年前我放弃了这一念头——他不可能得诺奖,因为他是瑞典人。我也认为瑞典学院不愿使其重蹈1974年因诺奖而自杀的本国诗人哈瑞·马丁松的悲剧。

但奇迹发生了,诺贝尔奖突然向八十岁的诗人敞开了自己的大门。这一刻就犹如诗人在《孤独》一诗中所描写的那样：他的车在雪天滑入对面的车道，从反方向开来的打着强光的车辆在逼近……这时"出现一粒沙子……一阵神奇的风"，坐在方向盘后的他，免遭了让人像鸡蛋一样破碎的车祸。

圣诞节没有下雪，但我去了特朗斯特罗姆住在南城的家。就在莫妮卡（特朗斯特罗姆的妻子）到厨房拿香槟的时候，老人突然握住我的手说道："Tack-så-mycket!"（"多——谢——了！"）我吃了一惊。这，怎么可能？这个中风后二十年只会说"是"与"不"等几个字的失语者，此刻——第一次——在一个没有雪的圣诞节——说出了一句完整的话。

二 没有答谢词的诺奖获得者

10月8日，诺奖公布第三天，我终于打通了特朗斯特罗姆家的电话。莫妮卡说很多瑞典人都哭了。为什么？为一位杰出的诗人？为自己的民族？"太意外了！"莫妮卡说，"家里挤满了记者，楼梯上也站满了记者，但托马斯和我会悠着劲，好好休息，把精神养好，然后去参加诺奖的颁奖典礼。"

我眼前浮现出一个与热闹无关的场面：寂静的屋子，两个老人拿出抽屉里待改的诗稿，小心地，像打开一份贵重的礼物。

诺奖公布那一刻，瑞典作家协会正好在开会，听到奖颁给了特朗斯特罗姆，大家一起鼓掌跺脚，把一间十九世纪木板地的建筑震得吱吱直颤。一位著名小说家说："特朗斯特罗姆的诗教我们怎样做人。他是一个超越文化界限、富有精神力量的诗人。"《每日新闻》的文化主编说："我喜欢他的诗。他的诗是超越时间的经典。"

特朗斯特罗姆此时则独自坐在自己的书房里用左手弹着钢琴。他看见南方的大海。11月，动物开始冬眠的时候，他将与爱妻莫妮卡一起去塞浦路斯度假，感受北欧没有的阳光。

我开始修订自己十二年前翻译的《特朗斯特罗姆诗全集》。

12月9日。我收到特朗斯特罗姆的好友，连任三届诺奖评委主席的诗人谢尔·埃斯普马克的来信。他寄来了《授奖词》。信上说：今天中午，托马斯的出版社要在Manilla宴请托马斯和其他各界人士。我多次到过那座海边的私人别墅，里面挂满了近百年来的诗人和作家的肖像。

12月10日。终于！托马斯从未像今天这样精神：穿着燕尾服，两眼放光。当埃斯普马克读完《授奖词》后，轮椅上的他从弯腰的国王卡尔十六世手上接过举世瞩目的诺奖奖章。掌声雷动，他触摸奖章，露出稚气的笑。音乐厅响起他喜爱并为之写过诗的十九世纪古典主义音乐家舒伯特的弦乐。

而就在同时，七十多位瑞典作家在特朗斯特罗姆夏天居住的伦马尔岛上举行着自己的诺奖典礼：穿着礼服，喝着香槟，在爵士乐陪伴下，朗诵第八个获诺奖的瑞典作家的诗作……

三　特朗斯特罗姆的写作信条

夜深了。我躺在沙发上，听着海顿的交响乐，大脑浮现出二十四年前，即1987年10月的一天，我坐火车从斯德哥尔摩到韦斯特罗斯小城拜访特朗斯特罗姆的情景。

火车开了一小时到了。站台空空荡荡。车站出口，离我约二百米的地方，站着一个穿米色风衣的瘦高个男人。他看见我，迎上来，与我握手："欢迎到清净的小世界来做客！"

莫妮卡已准备好了午餐：烤三文鱼，蔬菜沙拉，煮土豆。这是瑞典人招待客人的传统菜。我们边吃边聊，并很快谈到了翻译。当时我已翻译了特朗斯特罗姆十多首诗，打算再译一些，出一个集子。我问能否把《风暴》一诗里的"花楸树果子"译成"桔子"。"这里随处可以看到花楸树心脏大的果子，但它对中国读者而言很陌生。"我说。托马斯听了，沉吟了一下，说："翻译是再创造！译者有权利享受他的自由。"他说美国诗人布莱把他诗中那句"耕犁是一只坠地的飞鸟"译成了"耕犁是一只飞升的鸟"。说完，他大笑起来。我说："《半完成的天空》里说：每个人都是一扇半开的门／通向一间共有的房间，这句诗是否受到'们'这个汉字的启示，即人＋门？"托马斯又沉吟片刻，说："这种神秘的经验，基督教里也有。"

话题转到另一个我翻译过的瑞典诗人、小说家，教授L。我问："你觉得他的诗怎样？"托马斯说："他去中国三个星期，回来写了一部长篇，我要是去中国三年，会写一首短诗！"

不言而喻，一首用三年写的短诗，一定会比一部用三礼拜写的长篇要好。这便是特朗斯特罗姆的写作信条：写得少,写得好。让每首诗都通过词语的炼金术成为一流产品。也正是这一信条,让他在五十年里写了二百首诗,并最终让诺贝尔给他戴上刻着"用凝练、透彻的意象,为我们打开通往真相的新径"的桂冠。

我们保持着联系。

1988年,我自费到瑞典留学,并在第二年出版了我用瑞典文写的第一部诗集《水中的目光》。不久,我认识了托马斯的大女儿艾玛。她和我同龄,在学声乐。她建议我再出诗集的时候,一定让她老爸先过一下目。她的意思是:做一下润饰。1989年10月,在出版第二本诗集《时间的重量》前,我给托马斯打了个电话。两天后,他专程从他韦斯特罗斯小城开车到我的学生宿舍,帮我看清样,修改。调整节奏,换字,把单数改为复数,或相反……我俩在十二平方米的小屋里整整坐了一下午。沟通遇到障碍时(我的口语当时还不允许我做深度交流),托马斯就用笔在纸上画起来:"这句'我路过一棵倒下的松树',你用的是fallit,但fallit是自己倒下的意思。如果那棵树是被砍倒的,就应用fällt。"说着,用钢笔在纸上勾出一棵松树,然后在上面加了把锯子。显然,我的瑞典文受到了汉语思维的影响。汉语的"倒下"可以是自己倒下,也可以是被砍倒,没有瑞典文那种清晰的表征,就像"鸟"可以是一只鸟,也可以是一群鸟。

十八年一晃而过。

2007年5月,我把写母亲的第六本瑞典文诗集《源》的清样给他看,他目光停在那首叫《无名》的诗上,让我念:

我登上去纽约的飞机
你躺着，纹丝不动
世界抽成苍蝇的嗡嗡

我乘船去希腊的克雷特岛，去西西里
你坐在窗前
望着风中的柳树
汹涌的绿浪推着你向前

我在卢浮宫迷路
你含笑走来。一只闪光的瓷瓶。

托马斯听了之后，用左手指着诗中最后一句摇着头说："不！"我困惑地看着他。坐在一旁的莫妮卡说："托马斯是想把最后那句——'一只闪光的瓷瓶'——删掉。"

我没删。少了这几个字，就缺了母亲这个象征意义：文化、根，等等。

但四年后的今天，我会接受托马斯的意见，删掉那一句，让整首诗变得更加空灵，给读者留下更多的想象余地。

托马斯为人低调，率真且随和。2001年，西蒙（我儿子）一岁，在教堂举行洗礼。托马斯坐着轮椅来了。他抱着西蒙，就像抱着诗歌节上别人送给他的花束。老人在屋子里静静坐着，脸上洋溢着他那首《冰雪消融》的喜悦。

2008年，斯德哥尔摩市图书馆为我安排了一场"李笠作品朗诵会"。我到现场时，惊奇地发现托马斯和莫妮卡正坐在第一排的观众席位里，冲着我微笑。

转眼到了 2010 年,我随任瑞典政务参赞的外交官妻子移居北京。五十岁生日那天,莫妮卡打来了电话,她祝我生日快乐,问了一些回国感受,然后说:"我把电话给托马斯。"

一阵沉默。随后:一阵嗯嗯的婴儿学语声,其中有一两个字我能听出来是什么意思。Ja(对),Bra(好)……沉默。然后又是一阵嗯嗯的婴儿学语声。诗在寻找自己的最佳表达方式。

> 天黑了下来。特朗斯特罗姆突然从电话另一头走来
> 无法听懂的词。Bra……沉默
> 沉默说:五十岁之后真正的好诗才会到来
> "Bra"说:永远做孩子,哪怕到处碰墙!
> 瘫痪者的声音在寒冷的黑暗里
> 闪烁——斯德哥尔摩的雪飘入喧嚣龌龊的北京

第二天,我写了上面这首题为《特朗斯特罗姆,或 2011 年 1 月》的短诗。

四 诗歌是凝练的艺术

现当代诗人很少有人能像特朗斯特罗姆那样,把诗写得如此凝练、精准。他的诗是凝练艺术的典范。从 1954 年出版的第一部诗集到 2004 年的最后一本诗集《巨大的谜》,特朗斯特罗姆一共发表了两百多首诗。然而研究他作品的著作数量则已超出了他作品的页数的上千倍。

特朗斯特罗姆的诗影响着包括美国在内的许多国家的诗人。他常被称作"隐喻大师"。有人把他划为"深度意象诗人",也有人称他为"后超现实主义诗人""新简单主义的开创者""巴洛克风格的诗人""现实象征主义诗人""魔幻现实主义诗人"。当然,这些称号各有道理,它们至少代表了特朗斯特罗姆各个阶段的创作风格。

特朗斯特罗姆1954年发表处女作《17首诗》,轰动诗坛。四年后第二本诗集《途中的秘密》使他成为影响瑞典诗坛的诗人。以后他差不多每隔四五年发表一部诗集。1990年,他因中风右半身瘫痪,但仍坚持着写作。

特朗斯特罗姆的诗通常从日常生活着手:如坐地铁、在咖啡馆喝咖啡、夜间行车、林中散步等。他擅长用精准的描述,让读者进入一个具体的时空。然后突然更换镜头,把细节放大,变成特写,让飞逝的瞬息获得旺盛的生命力,散发出"意义",展现一个全新的可感可触的世界。

特朗斯特罗姆的诗歌始终在探索醒和梦、内与外、关闭与敞开、影子与身体、记忆和遗忘、时间和死亡等主题,他喜欢把大自然同工业产品糅合在一起,如"云杉像钟盘上的指针一样直立""蟋蟀疯狂踩踏缝纫机""蓝天轰鸣的马达是强大的"等等等等。他的诗常采用深度意象和隐喻来塑造内心世界,并把强烈的情感埋藏在平静的文字里:

> 我像一只抓钩在世界的底部拖滑
> 抓住的,都不是我要的。
> 疲惫的愤怒,灼烧的妥协。
> 刽子手抓起石头,上帝在沙上书写。

静谧的房间。

家具在月光中展翅欲飞。

穿过一座手无寸铁的森林

我慢慢走入我自己。

——《尾声》

《尾声》和诗人大多数作品一样,采用一连串对立的元素(意象),呈现了孤立无助的生存状态。此诗再次展示了特朗斯特罗姆的写作手法:"建立被陈词滥调分隔的各领域的联系。"

诗的力量在于凝练。特朗斯特罗姆的诗始终在实践着这一审美理念,即用最少的词语创造最多的内涵。他的诗如一只精心打造的首饰盒,有高贵的整体平衡,也有精美的细节。每一首诗都具有广阔的时间和空间。读者时刻都能看到诗人的心脏——"被囚的永恒那挥舞的拳头",感受它的迫切性,好像每一首都来自剧烈的心跳,每一行都在捕捉焦灼,每个词都在谛听将发生的奇迹……

而这一奇迹,无疑归功于特朗斯特罗姆的强大的感受力,和他从各种文化中汲取的诗歌养分。除了从古希腊、《圣经》、巴洛克诗歌以及日本俳句那里汲取大量养分外,他还从古罗马诗人贺拉斯那里学到了诗歌的秘诀:"诗,应该简短,精确。"在回忆录《记忆看见我》(1993)中,他对这位古罗马诗人这样评论道:"美妙精准……这种脆弱的平庸与坚韧的崇高的转换,教会了我很多东西……毛毛虫的脚消失,翅膀打开。"

五　诗是我让它醒着的梦

波罗的海上的小岛——伦马尔岛，在特朗斯特罗姆诗歌中扮演着举足轻重的角色。它是一个——借用特朗斯特罗姆的话说——"我的出发点"。他很多诗取材于伦马尔岛，比如著名的《蓝房子》和《波罗的海》，那里，个体与世界、历史与沉思、回忆与展望、伤感与悲喜纷纷交织在一起。1990年8月的一天，我在岛上拜访度假的特朗斯特罗姆时顺便采访了他：

问：你受过哪些作家影响？

答：很多。有艾略特、帕斯捷尔纳克、艾吕雅和瑞典诗人埃克罗夫等人。

问：你认为诗的特点是什么？

答：凝练。言简则意繁。

问：你的诗是否和音乐有着密切的联系？

答：我的诗深受音乐语言的影响，也就是形式语言、形式感发展到高潮的过程。从形式上看，我的诗与绘画非常接近。

问：你对风格是怎么看的？

答：诗人必须敢于放弃用过的风格，敢于割爱、削减。如果必要，可放弃雄辩，做一个诗歌的禁欲主义者。

问：你的诗，尤其早期的诗，试图消除个人的情感，我的这一感受对不对？

答：写诗时，我感受自己是一件幸运或受难的乐器，不是我在找诗，而是诗在找我，逼我展现它。完成一首诗需要很长时间。诗不是表达"瞬息情绪"就完了。更真实的世界是在瞬息消失后的那种持续性和整体性，对立物的结合。

问：有人认为你是个智性诗人，你自己是怎样看的？

答：也有人认为我的诗缺少智性。诗是来自内心的东西，与梦情同手足。很难把不可分的内心世界分成哪些是智性哪些不是智性。它们是诗歌试图表达的整体，不是非此即彼。我的作品一般回避寻常的理性分析，我想给读者更大的感受空间。

问：诗的本质是什么？

答：诗是对事物的感受，不是再认识，而是幻想。一首诗是我让它醒着的梦。诗最重要的任务是塑造精神生活，揭示神秘。

六　词不是语言

厌倦所有带来词的人，词，不是语言
我开车来到雪覆盖的岛屿
荒野没有词
空白之页向四方展开！
我碰到雪上麋鹿的蹄迹
是语言，而不是词。

《自一九七九年三月》像一份电报，简洁扼要，娴熟老辣，并再一次体现了特朗斯特罗姆诗歌的主要特点：凝练。

诗开门见山，推出两个诗歌关键的概念：词和语言，并把它们当作两个对立物排在一行诗句里,从而增加诗歌的张力——现代诗不可缺少的元素——戏剧性。整首诗虽只有六行,却为读者提供了一种崭新视角:语言是自然,或者,是"雪覆盖的岛屿"上的麋鹿的蹄迹,它召唤你去发现,读解,感受……

《自一九七九年三月》从一个具体事件(场景)出发(特朗斯特罗姆的诗都如此),即从"词而不是语言"的激愤状,走向"是语言而不是词"的雪覆盖的岛屿。全诗具有浓厚的实证主义的特征,依靠"雪覆盖的岛屿——空白之页向四方展开"这一精准的隐喻,构建出一个坚实的世界。诗中没采用很多诗人喜欢使用的直抒胸臆、借景抒情的方法,而是把思想和感情埋藏在对事物(自然)的描述之中。它体现了二十世纪庞德所倡导的受日本俳句和中国古诗影响的"意象主义"的精义,即摒弃诗中的叙述和议论,追求意象的精准精炼,通过令人震惊的意象,让缺少表达能力的日常语言显现奇迹。

冬天的荒野是寂静的。寂静是一种完整的状态、一种无词的语言、一种无声胜有声的语言,所以也是一种让人走入冥想的境界、一个等待着被揭示的宇宙。注意,诗人在向四方展开的空白之页一句后加了一个惊叹号。对于一个客观冷静、善于克制的诗人,这一亢奋的标点无疑表达了一种发现,即空白的重要,或准确地说,留白的重要。这与中国诗歌美学主张的"言有尽而意无穷"有着心有灵犀的呼应。而这一技法在特朗斯特罗姆的诗歌里始终扮演着重要角色,即给读者留下想象空间。

雪覆盖着岛——荒野——敞开着,如空白之页,并向四方展开。荒野、完整的体系、神秘的现实,在这里被看作语言的诞生地,和穿越它的动物发生感应,就像象征派诗人波德莱尔穿越一座森林时体悟到的《感应》,一个包容一切的神秘世界。当诗中主人碰到麋鹿的蹄迹,作为自然之魂的语言出现了。它充满了神性、启迪,与词的孤立、偏狭形成强烈对比。如果词象征缺少生命的灰色理论,那么,语言——自然——就是一首无所不包的诗作、一种只有身临其境才能感悟到的神秘。

七 特朗斯特罗姆的树

一棵树在雨中四处走动。
在倾注的灰色中匆匆经过我们。
它有事。它在雨中汲取生命
就像果园里的一只黑鸟。

雨停歇,树停住脚步。
它在清澈的夜晚悄然闪现。
和我们一样,它在等待
雪花在空中绽放的一霎。

古今中外写树的诗歌多如牛毛,而特朗斯特罗姆的这首《树和天空》则写得新奇独特,让人叹为观止。生命的短促和意义,被寥寥数笔勾画得如此生动而清晰,就像突然飘落的雪片。

树在特朗斯特罗姆的诗中占据着很大的比例。从第一首诗《序曲》:"他察觉……强大的树根／在地下甩动着灯盏……"到最后一首:"鸟形的人群。／苹果花已经开过。／那巨大的谜。"特朗斯特罗姆为我们展示了他,作为诗人,对树的感知和理解。

他看见:"当太阳向天上攀登,树便披上绿荫／用饱满的风自在地扬帆远航。"(《尾声》)

他发现:"鸟声碾着橡树巨大的磨子。／／每棵树都是自己声音的囚徒。"(《歌》)

他说:"但树有强烈的色彩。信号传向彼岸!／有几棵好像等着被带走。"(《十月即景》)

他又说:"虚弱的巨人紧靠在一起／以防止东西跌落。"而一棵断折的白桦就像"坚挺的教条"。(《穿越森林》)

那么,究竟又是什么让这位北欧诗人如此迷恋树这个意象呢?

我首先想到了菩提树,那棵让释迦牟尼悟道的树。"菩提",意为觉悟,用以指人忽如睡醒,豁然开悟,达到超凡脱俗的境界,也就是特朗斯特罗姆在自己第一部诗集第一首诗《序曲》中开宗明义所说的:"醒,是梦中往外跳伞。"那棵在雨中行走的树,似乎也在走向顿悟,为了在清澈的夜晚等待雪花的绽开,等待涅槃或超度。

诗人在树身上看到了人和命运。

"凌乱的松柏／置身同一片沼泽。／啊,永远,永远!"他在一首俳句里写道。这次,他在树那里看到了坚守,忍辱和神性。

> 看，这棵灰色的树。天空
> 通过它的纤维注入大地——
> 大地喝完后只留下
> 一堆干瘪的云。被盗的宇宙
> 拧入交错的树根，拧成
> 苍翠。这短暂的自由瞬息
> 从我们体内喷涌，旋转着
> 穿过命运女神的血液，向前。
>
> ——《联系》

诗人从一棵灰色树那里看到了事物之间的隐秘联系，看到了天地、大小、远近、上下、此彼、人神等之间微妙关系。而背后的奥秘，正是诗人穷尽一生想揭示的。诗人在五十八岁的时候写道："我继承了一座黑暗森林，但今天我走入另一座：明亮的森林……我持有遗忘大学颁发的毕业证书，且两袖清风，像晾衣绳上挂着的衬衣。"(《牧歌》)诗人至此已大彻大悟。而到了2004年，年逾古稀的诗人在《巨大的谜》里写道："费解的森林。／上帝身无分文地／住着。墙闪烁。"

森林、上帝、墙，三位一体。如果这里森林指的是生活的处境，那么上帝和墙则是生活的两级：善与恶、美与丑、精神与物质、自由与禁锢等。而生活永远是费解的，就像谜，解开一个，又冒出一个。

八　一个现代的唐代诗人

　　特朗斯特罗姆是营造意境的大师。意境是一首诗达到的一种能令人感受领悟、玩味无穷却又难以明确言传、具体把握的艺术境界。它是形神情理的统一，虚实有无的协调，既生于象外，又蕴蓄于象内，用特朗斯特罗姆的话来说就是："我常从一个物体或状态着手，为诗建立一个'基础'。这基础有时是一个地点。诗从一个意象中渐渐诞生……我用清晰的方法描述我感受到的神秘的现实世界。"

　　意境概念到了中国清代诗论家叶燮那里则得到了精彩的阐述，晚清学者王国维在其集大成的《人间词话》中也反复论述了意境——"境界"。他指出："文章之妙，亦一言以蔽之，曰：有意境而已矣。"

> 凌晨两点：月光。火车停在
> 平原中央。远处，城市之光
> 冷冷地在地平线上闪动。
>
> 如同一个人深入梦境
> 返回房间时
> 无法记起曾到过的地方。
>
> 如同某人生命垂危
> 往事化作几粒光点，视平线上
> 一抹冰冷的小旋涡。

火车完全静止。

两点：明亮的月光，三两颗星星。

——《足迹》

叶燮在《原诗》中谈到诗的意境时，用的是"至处"这个概念。他说："诗之至处，妙在含蓄无垠，思致微渺，其寄托在可言不可言之间，其指归在可解不可解之会；言在此而意在彼，泯端倪而离形象，绝议论而穷思维，引人于冥漠恍惚之境，所以为至也。"论诗至处，《足迹》一诗，当之无愧。再看《夜曲》一诗：

> 夜晚我开车穿行一座村庄。房屋
> 向聚光灯涌来——它们醒着，它们想喝水。
> 房屋，仓库，路牌，无主车辆——此刻
> 它们穿上了生命——人在睡觉。
>
> 有的安静地睡着，有的神情紧张，
> 好像躺着在为不朽苦练。
> 他们睡梦沉沉，却怕松开一切。
> 他们躺成放下的栏杆时，神秘悄然经过。
>
> 村外，路在森林中长时间散步。
> 树，树在彼此的默契中沉默。
> 它们身上带有火光奇丽的色彩。
> 它们的叶子是多么清晰！它们一直陪我到家。

> 我躺下，准备入睡。我看见陌生的图像
> 与文字在眼帘背后的黑暗之墙上
> 涂写自己。在醒和梦的缝隙
> 有一封巨大的信正徒劳地向里拥挤。

这里，直觉和理解、情感和思维、意识和无意识相互交融，恰如其分地传递了内心体验，巧妙地做到了心与物的协调统一而心驰物外，意与境的浑然一体而意溢于境，与李白的《静夜思》、崔颢的《黄鹤楼》等唐代优秀诗作有着异曲同工之妙。

在特朗斯特罗姆的诗歌里，我们很容易找到中国古诗的一些表达方式，比如像"穿着轰鸣之裙鞠躬的喷气式飞机／则让大地的静谧成倍地生长"（《冰雪消融》），它让人联想到南北朝诗人王籍的"蝉噪林逾静，鸟鸣山更幽"的名句，而"预感战争爆发而目瞪口呆浑身冒汗的红色花朵"，则让人想到杜甫"感时花溅泪，恨别鸟惊心"的移情绝唱，至于"流淌的宝剑／在销毁着记忆。／小号和佩带／在地底下生锈"（《短诗三章》），又何尝不是杜牧《赤壁》中的"折戟沉沙铁未销，自将磨洗认前朝"的回声或共鸣。共鸣，则无疑体现了诗歌大师们的精神境界。

九　特朗斯特罗姆的俳句

俳句是凝练的典范，是现代口语诗滚滚洪流的中流砥柱。

这一短短 17 音（5—7—5 三行组成）的日本诗体，成了凝练大师特朗斯特罗姆运用自如的诗歌形式。特朗斯特罗姆的俳句和"蝴蝶翩翩舞，落花疑返枝"或"树下肉丝、菜汤上，飘落樱花瓣"之类的作品不同，他更具有日耳曼民族的精神气息和北欧文学的硬朗。他的俳句好似一个玲珑的江南女子变成了北方汉子。"太阳低垂着。／影子像巨人。一切／很快是影子。"这首让人联想到歌德《漫游者之歌》的俳句，清晰地展示了他的俳句风格。

特朗斯特罗姆一共发表了六十五首俳句。但禅意无处不在：瞬间的场景—寥寥一两个意象—揭示宇宙的奥妙。如《十月即景》一诗："回家路上，我看见钻出草坪的黑墨蘑菇。／这是黑暗的地底／一个抽泣已久的求救者的手指。"或又像《一九六六年——写于冰雪消融中》："我紧紧抓住桥栏／桥：一只展翅飞越死亡的巨大的铁鸟。"敏锐，对事物观察的独到细微，并能由此上升到形而上的高度，创造一种类似"今人不见古时月，今月曾经照古人"的空灵境界，显然是这位瑞典大师的品性。

> 一座喇嘛寺
> 托举着空中花园。
> 肉搏的画卷。

吉祥宁和的佛教圣地和血腥残酷的战争场面并存，战争就在看似祥和的包装里面。两个对立的意象，顺手拈来，和李后主的"问君能有几多愁，恰似一江春水向东流"有着心有灵犀的妙处。

> 无望的墙壁……
> 鸽子在飞落,飞起
> 都缺少面孔。

讲的是巴勒斯坦和以色列建造的"隔墙"?或说的是人类一再给自己和别人所建造的各种障碍?鸽子,这和平的使者并不能改变无望的现实。它们没有面孔,是因为它们没有改变世界的意愿和能力。

> 这些里程碑
> 已远走高飞。听见
> 斑鸠的鸣啼。

无论读过多少怀古凭吊的诗词,我们在此都会拍案叫绝。多荒诞的景色:里程碑在,但同时又不在。它不在,是因为只有荒郊野林的斑鸠在叫。凄凉之情,由此而生。

> 缓慢的飓风
> 从大海图书馆来。
> 我可以休憩。

我们再次拍案叫绝,不是为诗中的语言(它简单、质朴得不能再简单了),而是为诗中的姿态,一种"悠然见南山"的姿态。与所有俳句大师的优秀作品一样,这首诗似乎什么也没有说。它只用淡淡一笔勾勒了一种彻悟的状态,一种人人几乎都有过的寻常经历。但诗已完成,无垠向我们敞开……

17首诗 (1954)

第一部分

序　曲

醒，是梦中往外跳伞。
摆脱令人窒息的旋涡
漫游者向早晨绿色的地带降落。
万物燃烧。他察觉——用云雀的
飞翔姿势——强大的树根
在地下甩动着灯盏。但地上
苍翠——以热带丰姿——站着
高举手臂，聆听
无形抽水机的节奏。他
沉入夏天，慢慢沉入
夏天刺眼的坑洞，沉入
太阳涡轮下抖颤的
脉管湿绿的棋盘。于是停住
这穿越瞬息的直线旅程，翅膀伸展成
汹涌水面上鱼鹰的栖息。
青铜时代小号的
被禁的音调
悬挂在深渊上空。

黎明时分，知觉把住世界
就像手抓起一块太阳热的石头。
漫游者站在树下。在

穿越死亡旋涡之后

是否有一片巨光在他的头顶上铺展?

第二部分

风　暴

忽然间，漫游者在此遇到古老
高大的橡树，像一头石化的
长着巨角的驼鹿，对峙九月
　　　　　大海黑绿的城堡。

北来的风暴。正是花楸树果子
成熟的时节。在黑暗中醒着，
能听到橡树上空的星宿在
　　　　　自己的厩中跺脚。

夜——晨

月的桅杆已烂,帆皱成一团。
海鸥醉醺醺飞过水面。渡口
沉重的四方形黑成木炭。灌木
　　　　　　　在黑暗里断折。

走向门梯。黎明击打,击打
大海花岗石大门,太阳呼呼
喷溅火焰。半窒息的夏日神灵
　　　　　　　在烟雾里摸索。

复　调

在鹭旋转的宁静点下，大海
在光中轰响着滚动，盲目咀嚼
海草的马勒，把泡沫的鼻息
　　　　　　喷向海岸。

大地被蝙蝠测量的黑暗罩笼。
鹭停下，化作一颗星星。大海
轰响着滚动，把泡沫的鼻息
　　　　　　喷向海岸。

第三部分

致梭罗的五首诗

一

又有一个人离开城市沉重的
贪婪石环。水晶般清澈的盐
是水,簇拥着所有真正的
　　　　　　　难民的脑袋。

二

寂静随缓慢的旋涡从大地的
中心上升,扎根,疯长,
用树冠茂密的阴影遮住男人
　　　　　　　火热的梯子。

三

脚随意地踢着一只蘑菇,阴云
在天边蔓延。树弯曲的根
像铜号在吹奏曲子,叶子
　　　　　　　惊慌地飞散。

四

秋天疯狂的逃亡是他的风衣
飘动,直到宁静的日子
成群结队地走出灰烬和霜
      在泉中浴足。

五

见过间歇泉逃离枯井的人,
无人相信时,像梭罗那样
消失,隐身于内心的绿荫,
      狡猾且乐观。

果戈理

外套狼群般破碎。
脸,一块大理石碎片。
坐在信堆里,坐在喧响过失和嘲笑的林中。
哦,心像一页纸飘过冷漠的过道。

此刻,落日像只狐狸悄悄经过这土地,
并霎那间点燃荒草。
天空布满野兽的角蹄,天空下
马车像影子穿过我父亲点着灯的庄园。

彼得堡和毁灭位于同一纬度。
(你可看见那斜塔里的美人?)
这穿着斗篷大衣的可怜虫
仍像海蜇一样在结冰的街区漂浮。
守斋的他,如往日一样被笑声的牲口围住,
而牲口早已迁往树线以上的区域。

人摇晃的桌子。
看,外面黑暗正烙着一条灵魂的银河。
登上你的烈焰马车吧,离开这国家!

水手长的故事

没有雪的冬天，海是披着灰色羽毛
蹲着的山的亲戚，
短瞬间变蓝，长时间和山猫一样灰暗的波浪
在沙滩上枉然地找寻栖处。

沉船在这样的天气会浮出海面，寻找
城市警报里枯坐的船主。沉没的水手
被吹向比烟斗的烟缕更细的陆地。

（北方有长着利爪和梦游眼睛的
真正的山猫。北方，那里
岁月昼夜都蜗住在矿里。

那里，唯一的幸存者
必须坐在北极光的炉旁，静听
冻死者的音乐。）

节与对节

最外面的圈子是神话的。那里划手
在闪烁的鱼背间笔直下沉。
离我们太远！当白天
陷入无风沉闷的焦虑——
像刚果的绿影将蒸汽
笼住蓝皮肤男人——
当漂流的木块在心脏缓缓
蜿蜒的河里
腾空跃起。

突然的变化：被拴的船身滑入静息的
天体底下的水域。
黑色之梦的船尾
无可奈何地翘起，朝着
浅红的岸带。被弃的
岁月下沉，迅速
无声——森林赶来，像雪橇
狗形的巨影
穿越雪地。

激愤的冥想

风暴推着风车疯狂转动,
在夜的黑暗中碾着虚无——你
因同样的法则失眠。
白鲨的肚皮是你那幽暗的灯。

朦胧的记忆落入海底,
在那里僵硬成陌生雕塑——你
的拐杖被海草弄绿。
从大海返回时你全身僵硬。

石 头

我听见我们扔出的石头
跌落,玻璃般透明地穿过岁月。深谷里
瞬息迷惘的举措
尖叫着从树梢
飞向树梢,在
比现在更稀薄的空气里
静哑,如燕子从山顶
飞向山顶,直到它们
沿着生存的边界
抵达极限的高原,那里我们
所有的作为
玻璃般透明地跌向
仅只是我们
自身的深底。

联 系

看,这棵灰色的树。天空
通过它的纤维注入大地——
大地喝完后只留下
一堆干瘪的云。被盗的宇宙
拧入交错的树根,拧成
苍翠。这短暂的自由瞬息
从我们体内喷涌,旋转着
穿过命运女神的血液,向前。

早晨与入口

海鸥,太阳船长,掌着自己的舵。
它身下是海水。
世界此刻仍在酣睡,像水底
色彩斑斓的石头。
不能破解的日子。日子——
就像阿兹特克族的文字!

音乐。我被绑在
它的挂毯上面,高举
手臂——像民间艺术里的
某个形象。

静息是溅起浪花的船头

冬天的一个早晨察觉出地球
如何向前滚动。一阵来自幽处的风
呼啸着撞击
屋子的墙壁。

被运动包围：宁静的帐篷。
候鸟阵里那隐秘的舵。
一阵颤音
从冬天的黑里

溢出隐秘的乐器。仿佛站在
夏日高大的椴树下，千万张
昆虫翅膀
嗡嗡掠过头顶。

昼 变

林中的蚂蚁在静静看守，盯视
虚无。但听见的是那昏暗叶子
滴落的水珠，夏日深谷里
　　　　　　　夜晚的喧嚣。

云杉像钟盘上的指针一样直立。
浑身是刺。蚂蚁在山影里灼烧。
鸟鸣叫！终于。云的货车
　　　　　　　慢慢地滚动。

第四部分

歌

白色群队在扩展:海鸥沙鸥
穿着沉船的白帆,但帆
被锁住海岸的烟雾熏染。

警报,警报向货船的垃圾
聚拢!飞成一面面传递
信号的旗帜:"这里有猎物!"

飞翔的海鸥越过辽阔水域
泡沫涌动的蓝色田野。
闪耀的磷光朝太阳横插过去。

但万奈摩宁[1]在自己的时代
穿越闪烁远古之光的海水
他骑着马。马蹄滴水不沾。

他背后:他歌声的森林。
一棵奔跑了千年的橡树。
鸟声碾着橡树巨大的磨子。

---

[1] 此诗中的人物万奈摩宁,取自芬兰民族史诗《卡勒瓦拉》(*Kalevala*)。

每棵树都是自己声音的囚徒。
岸上,松树如灯塔点亮,
硕大的松果在月光下闪亮。

这时,另一个人拔开了弓。
羽翼飕飕作响的箭
刺眼地飞来,像一队大雁。

猝死的一瞬:马突然扬身
从岸上扑通栽进海水,
形同闪电触须里的一朵青云。

万奈摩宁重重地跌进海里。
(一片被风撑开的烈焰)
海鸥为他拉响一阵阵警报!

怀抱一捆沉甸甸的麦子
陶醉丰收海洋的喜悦
高枕无忧的人也同样如此。

安抚灵魂的阿尔卑斯山峰
在三千米高的醚里哼唱。
云在那里互相追逐,肥大的

姥鲨在海面上静静翻滚。
(新生与毁灭取决于波浪)

风蹬着车慢悠悠穿行树叶。

这时,雷霆突然捶击大地。
(如非洲水牛扬尘而至)
一只影子的拳头拴住树身

把陶醉于喜悦之中的他
击倒,在焚烧的黄昏的天空
在野猪一样狂奔的云下。

那个长得和他一样的人对他
嫉妒不已,暗中和他女人幽会
影子汇成汹涌的潮水——

一群海豹骑着黑暗的潮水。
舵台中心在波涛中吱吱作响
(新生与毁灭取决于波浪)。

白色群队在扩展:海鸥沙鸥
穿着沉船的白帆,但帆
被锁住海岸的烟雾熏染。

灰鸥:带绒背的三叉戟
近看如白雪裹着的船体。
他有飞快跳动的隐秘的脉搏。

他平衡着飞行神经。他飘浮
他收起脚悬荡在空中,梦见
自己的嘴是一颗呼啸的子弹。

他不停地向水面俯冲,
像揪一只袜子揪起自己的
猎物。然后精灵般飞起。

(新生是力量的同盟,
它比鳗鱼的漫游更为神秘。
无形的树开花,就像

深水里,一头睡眠的海豹
浮出水面,吸一口气
然后——睡着——潜回水底。

我内心的睡者用同样的方式
与"它"结合,返回,当
我站着,盯视其他的事物。)

柴油的马达轰响着——经过
黑暗的岛屿,鸟的裂缝
那里,饥饿绽开拉长的嘴巴。

黑夜到来时传来它们的
声音,一阵零乱的音乐

像来自演出之前的乐池。

但戴着手套,万奈摩宁
在远古的海上颠簸,或者
卧躺在一面群鸟被放大的

宁静的镜里。从坠地的种子,
从远离内陆浪涛中升起的
海岸,从宽宽的雾带

一棵浑身毛茸茸的树
突然闪现,透明叶子背后:
遥远太阳升起的白色船帆

在恣意地彼此追逐。鹰已飞起。

第五部分

悲　歌

出发点。像一条战死的巨龙
躺在烟雾的沼泽，躺在
穿着松林的海岸，远处：
两只渡船在迷雾的梦中

呼唤。这是下层世界。
平静的森林，平静的水域
兰花的手从松土中伸出
在远离这一航道的另一头

但挂在同一倒影之中：船
像云浮在自己的空中。
围着它头部的水静止
不动，但风暴在那里席卷！

烟囱里的烟波浪般翻滚
太阳在风暴的手中舞动——风
狠狠地抽打上船的人。
哦，朝死亡的左舷攀登。

一阵突起的对流风，窗帘舞动。
寂静如闹钟振响。

一阵突起的对流风,窗帘舞动
直到听见远处的门被关上

在遥远的年月。

　　*

啊,地面灰如柏克斯登男尸[1]的大衣!
岛在昏暗的水烟中飘浮。
宁静,就像找不到目标的雷达
一圈又一圈地旋转。

有一条转瞬即逝的十字路。
距离的音乐相互交融。
万物汇成一棵茂盛的树。
消失的城市在枝杈上闪耀。

如同八月夜晚的蟋蟀,这里
处处都在演奏,就如同
深陷的甲虫,被泥苔包围的
游子在此酣睡。树脂

把他的思想运往星辰。山
深处:一只蝙蝠的洞穴。

---
1 柏克斯登男尸,指在瑞典柏克斯登发掘出的一具十四世纪的保存完好的男尸。

这里密集地挂着岁月和行动。
这里它们收起翅膀酣眠。

有一天它们会飞出去。这密集的一群!
(从远处看像冒出洞口的黑烟。)
但这里弥漫着夏天的冬眠。
远处是潺潺的水声。黑暗的树上

一片翻动的叶子。

   *

夏天的清晨,农民的耙
触到死者的骨头和衣服——他
在泥炭被清理的时候躺着。
他起身,踏上照亮的道路。

每个区都有金黄的种子
围着旧债旋转。田野里
石化的头颅。漫游者走着,
群山用目光追踪他脚步。

每个区都有射手的箭
在翅膀展开的午夜喧响。
往昔在坠沉时生长,
比心脏的陨石更黑。

精灵的逃遁使文章贪婪。
旗猎猎作响,翅膀
围着猎物拍打。这自豪的征程!
信天翁在这里衰成

时间嘴里的云朵。文化
是捕鲸站,那里,陌生人
在白墙和游戏的孩子中散步。
但每一次呼吸都能嗅到

被杀巨人的气息。

　　*

天上的松鸡来去轻盈。
音乐,影子里的无辜
如喷泉水柱从群兽间上升,
在水柱上石化成舞蹈。

带着森林模样的琴弦。
带着暴雨中帆模样的琴弦——
船在暴雨的马蹄下颠簸——
但内部,万向节处,欢乐。

黄昏,无人拨弄的弦丝
奏出万籁静寂的世界。

森林在雾中默立,
水的苔原倒映着自己。

音乐默哑的一半出现,像松脂
的气息缠绕雷劈的松树。
腹地的夏天在众人的怀里
路口处,影子脱身而去。

向巴赫小号的方向奔跑。
宽慰在恩赐中降临。把自我
的外衣扔在此岸。波浪
冲撞着,退回到一边,冲撞着

退回到一边。

尾 声

十二月。瑞典是一艘被拖起的
毁坏的战舰。它的桅杆
斜向黄昏的天空。黄昏比白天
更长——通往这里的路充满石块:
中午时分,光才抵达,
冬天的竞技场拔地而起
被梦幻的云朵照亮。这时,
突然,白烟从乡村
晕眩地上升。而云朵高高垂挂
海在天树的根旁挖掘
走神地,仿佛在倾听着什么。
(一只看不见的鸟穿越灵魂
黑暗背转的半边,用叫声
唤醒睡者。折射器于是
转动,捕捉另一个时辰,
这是夏:山哞哞地叫。饱食
光和溪流的阳光被透明手上
举起……然后一切消失
如黑暗中断裂的电影胶片。)
此刻,金星焚烧云朵
树、花园、房屋在膨胀,在
黑暗无声的雪崩中变大。

星光下,在夜的 X 光底片
过着轮廓生活的隐秘风景
呈现得越来越清晰。
一个阴影拖着雪橇穿过房屋
它们在等待。

傍晚六点,风
像一队骑兵,轰响着踏过
黑暗中村庄的小路。哦,黑色的
焦虑在怎样地喧嚣,平息!
房屋站着,被绑在静止之舞
之中,绑在睡梦的喧嚣里。风
一阵接着一阵地飘过海湾,
飘向甩动身体的开阔的水面。
星星绝望地在舞动着旌旗。
在飞云中时隐时现,飞云
只有遮挡住光,才能
获得生存,就像缠绕灵魂的
旧时的云朵。我
经过马厩,听见轰响中
病马在那里不停地跺脚。
这是风暴中的起程,始于一扇
拼命在甩动的破门,始于
手里摆动的马灯,山里
一只惊叫的野兽。起程,雷霆的声音
越过马棚的屋顶,在电话线里

嗡嗡咆哮,在夜的屋顶上
尖利地吹着口哨,树
无奈地向大地抛掷枝条。

一个曲子从风笛中飘出!
一个风笛曲子在前进,
轻松。一支浩荡的队伍。一座进军的森林!
船头波涛汹涌,黑暗移动
陆地,水并肩行进。死者,
已步入船舱,他们和我们结伴
同行:一次海上游行,一次
不是追逐而是安定的漫游。

世界不停拆除自己的
营帐。风在夏日攥住橡树的
船帆,把地球扔向前去。
小湖黝黑的怀中,睡莲
划动隐秘的四肢,如在逃亡。
一块巨石滚入宇宙的大厅。
群岛在夏日黄昏的光中
从地平线上升。古老的村庄
正走在途中,骑着季节喜鹊
尖叫的轮子,向森林深处挺进。
当岁月蹬掉脚上的靴子
当太阳向天上攀登,树便披上绿荫
用饱满的风自在地扬帆远航。

山脚下,针叶林微波荡漾,
但夏日长长温暖的波涛涌来
缓缓漫过树梢,作短暂的
休息,再一次退回——
光秃的岸仍在。最后:
上帝的精气就像尼罗河,按
不同时代文献统计的节奏
涨潮,退潮。

但上帝万古不化
所以在这里很少受到关注。
他从边沿横穿过进军的队伍。

像船穿越迷雾
而不被雾所发现。寂静。
信号是灯笼暗淡的光芒。

途中的秘密（1958）

第一部分

荒僻的瑞典房屋

一片漆黑的松林
几缕冒烟的月光。
小屋深陷于此,
仿佛早已窒息。

直到晨露喧响
老人打开窗
用颤颤巍巍的手
将一只鹰放走。

远处,另一角落
被单如蝴蝶飞舞
与新盖的木房
一起在蒸发水汽

这里,垂死的中央
腐烂戴着树脂
的眼镜,在看
蛀虫写下的记录

夏天带着微雨
或雨云,在一只

叫喊的狗上留驻。
种子在地里蹬腿。

喜气洋溢的声音
电话线里，脸
用抽缩的翅膀
飞越广袤的沼泽。

江心岛上的建筑
正在哺乳基石。
一缕青烟——有人
在烧森林密件。

雨在空中翻转。
光在江上蜿蜒。
陡壁上的屋子
在看管瀑布的牛。

一群欧椋鸟，秋天
把黎明握在手中。
灯光的戏剧里
人在僵硬移动。
让他们去从容地认识
那对乔装的翅膀，

以及躲在黑暗中的
上帝的能量。

他醒于飘过房顶的歌声

早晨,五月的雨。城市仍寂如
牧场。大街寂静无声。天上
飞机发出蓝绿色的轰鸣——
窗户敞开着。

沉睡者舒躺在上面的梦,此时
变得透明。他翻了个身,开始
寻找让外界关注的工具——
几乎在天上。

天气图

十月的海冷冷闪烁
和它那海市的背鳍。

不再有东西回忆
帆船赛的白色晕眩。

琥珀之光笼罩村落。
一切声音都在缓缓流逝。

犬吠声的楔形文字
在果园的上空浮现。

黄色的果子智斗着
树,让自己纷纷坠地。

四种脾性

一

审视的眼睛把阳光变成一根根警棍。
晚上：底楼晚会的喧嚣
如虚幻的花朵在地板上绽开。

开往原野。黑暗。车被死死卡住。
一只非鸟在星空里叫喊。
患白化病的星星站在涌动的黑暗湖上。

二

有人像棵拔起的树拍打叶子。
一道立正的闪电看见散发兽味的太阳
从扇动翅膀的人间礁石岛上

上升，随泡沫的旗帜穿越昼夜
和甲板上叫喊的水鸟以及
持有去骚乱之乡船票的人们破浪向前

三

闭上眼睛就能清晰地听见

海鸥敲响大海空旷教区的星期天。
一只吉他拨弄灌木,白云悠悠

就像迟来的暮春的绿色雪橇
——用拴着的嘶鸣的光芒——
自冰上滑行而来。

四

同女友梦中咚咚响的鞋跟一起醒来。
窗外,两堆积雪就像冬天遗忘的手套。
太阳的传单翻转着向城市倾泻。

路无终点。地平线向前疾走。
鸟在树上晃荡。尘土围着轮子打转
所有滚动的轮子都在抵抗着死亡!

随想曲

埃尔瓦的天暗了下来：龌龊的棕榈
火车汽笛
飞舞的银白色蝙蝠

大街上挤满了人。
人群里急走的女人
用眼睛的秤小心称量着最后的天光。

办公室的窗开着。仍能听见
马在里面跺脚。
那使用图章马蹄的老马

大街到午夜才空。
办公室终于一个个染上了黑蓝

天空上面：
静静地奔驰，闪烁，黝黑，
无影，无羁，
并甩掉了骑手：
一个我把它称作"马"的新星宿

第二部分

午 睡

石头的五旬节[1]。用吐焰的舌头……
下午时分宇宙失重的城市。
喧嚣光里的埋葬。鼓声压倒
被囚的永恒那挥舞的拳头。

鹰上升,上升,超越睡者。
风车轮如雷转动的睡眠。
马蒙上眼睛时的拼命踩踏
被囚的永恒那挥舞的拳头

睡者如钟舌垂在暴君的钟里。
鹰随太阳白色的急流飘转。
在时间里回响——如在拉撒路的棺内[2]。
被囚的永恒那挥舞的拳头。

---

[1] 五旬节,也称为圣灵降临节,是基督教节日,为纪念耶稣复活差遣圣灵降临而举行的庆祝节日。
[2] 《圣经》故事中有拉撒路复活一说,伦勃朗的《拉撒路升天》正是取材于这个故事。油画描绘了复活的拉撒路从棺材中坐起,他全身僵硬,面部僵直。整幅画以墨、灰色调组成,光线神秘诡异,弥漫了阴森可怖的气氛。

三点钟,伊兹密尔

离那空荡的大街不远
两个乞丐,缺腿的一个——
被另一个背着四处走动。

他们停立——如午夜公路
眯眼盯视车灯的动物——
站了一会儿又开始走动。

像校园男孩般敏捷地
穿过大街。中午数亿只
炎热之钟在宇宙嘀嗒作响。

蓝色跳闪,滑过锚地。
黑色在爬,抽缩,从石头里盯注。
白色在眼睛里掀动风暴。

当三点钟被马蹄践踏
当黑暗在光墙里捶击
城市趴在大海的门前爬行
在兀鹰的望远镜里闪耀。

第三部分

途中的秘密

白天的光打在一个沉睡者的脸上。
他的梦变得更加活跃。
但没有醒。

黑暗打在一个行人的脸上。
他与众人
走在太阳强烈急切的光里。

世界忽然像被暴雨弄暗。
我站在一间容纳所有瞬间的屋里——
一座蝴蝶博物馆。

阳光恢复了先前的强烈。
它急切的笔涂画着世界。

足　迹

凌晨两点：月光。火车停在
平原中央。远处，城市之光
冷冷地在地平线上闪动。

如同一个人深入梦境
返回房间时
无法记起曾到过的地方。

如同某人生命垂危
往事化作几粒光点，视平线上
一抹冰冷的小旋涡。

火车完全静止。
两点：明亮的月光，三两颗星星。

主啊,怜悯我们!

有时我的生命在黑暗里睁眼,
感到人群在盲目焦虑地
穿越大街,朝奇迹涌去
隐形的我站在原地不动。

如同孩子惊怕地入睡
听着心脏沉重的脚步。
久久地,久久地,直到早晨把光
插入锁孔。黑暗的门打开。

第四部分

一个贝宁男人

（关于十六世纪贝宁王国一个葡萄牙犹太人
  的青铜浮雕像）

黑暗降临。我站着不动
但我的影子
在捶击无望的鼓皮。
鼓声熄灭
我看到一张照片的景色：一个男人
从打开的空页
另一头走来。
像途经一栋
被弃置已久的房屋。
窗口出现一个人。
一个陌生人。他是领航员。
他神情专注
不用迈步便走到我跟前。
他头上戴着的帽子
仿佛由大气层
和赤道组成。
他头发中分。
胡子掀翻波浪
像滔滔宏论。
他没有发育的右臂

叉在腰间。
本该蹲在他肩上的鹰
变成了他的面部表情。
他是大使。
他中断演说
沉默用更大的威势
继续他的发言。
三个部落在他体内沉默。
他是三个民族的代表。
一个来自葡萄牙的犹太人，
和其他人——
冒险家和梦想家
漂洋过海。
他们龟缩在一起的那条三桅船
是他们颠晃的木头母亲。
他在空气长毛的
陌生气息里登陆。
一个黑人工匠
在集市上发现了他。
把他关进目光的检疫站。
并让他复活成
金属的族类：
"我来这里
是为了和打着灯笼
在我身上看见自己的人相遇"

巴拉基列夫[1]的梦
（1905）

黑色的钢琴，闪光的蜘蛛
颤抖着站在自己音乐网的中央。

音乐厅奏响起一个国家
那里，石头比露珠要轻。

巴拉基列夫在演奏时睡去，
在梦里看见沙皇的马车。

马车在鹅卵石上奔跑
跑入乌鸦般飞翔的黑暗。

他独自坐着，在车里张望
但同时又跟着马车一起奔跑。

他知道旅行持续了很久。
他的表显示的不是钟点，而是年月

有一片耕犁躺着的田野

---
1 巴拉基列夫（Mily Balakirev，1837—1910），俄国作曲家。

耕犁是一只坠地的飞鸟。

有一艘船熄了灯,和
甲板上的人被冰封在海湾。

马车越过坚冰,轮子
发出沙沙的丝绸的响声。

一条战舰:"塞瓦斯托波尔"
他在船上。船员向他围去。

"你会吹这个,便可免遭一死!"
他们递来一只古怪乐器。

它像大号,又像老式唱机,
或某个陌生的机器零件。

他战栗,无助,知道:
正是这东西驱使着战舰前行。

他向旁边的水手转身,
做着手势,连连哀求:

"像我一样画十字,像我一样!"
水手盲人般哀伤地

盯视，伸出双臂，垂头——
像钉在十字架上的耶稣。

鼓在敲打。鼓在敲打。掌声！
巴拉基列夫从梦中惊醒。

掌声的翅膀在大厅震响。
他看见男人从钢琴旁站起。

外面，大街被工潮弄暗。
马车在黑暗中飞速奔跑。

第五部分

劫　后

生病的孩子。
被凝视锁住
舌头牛角般僵硬。

他坐着，背对一幅麦田风景。
下巴的绷带让人想到防腐裹布。
他的眼镜潜水镜一样厚。所有的一切都缺少答案
凶猛如黑暗里响起的电话

但背后的画面，那是一片怡人的景色
尽管麦穗掀动着金色风暴。
牛舌草一样蓝的天空，浮云。金色波涛里
几件白色衬衣在扬帆：收割者——他们没投下阴影。

田野远处站着一个人，似乎在看这里
宽边帽遮住了他脸。
他似乎在打量屋里这黑色人影，想伸出援助之手。
风景画在病人和沉思者的背后悄然扩展
喷溅火星，捶击。麦穗被点燃，为了唤醒他！
第二个人——麦田里的——给了个手势

他已走近。
无人看见。

第六部分

旅行程式
（写于 1955 年，巴尔干半岛）

一
耕耘者留下一串喧声。
他没有环视。空荡的田野。
耕耘者留下一串喧响。
影子——摆脱物体
坠入夏天天空的深渊。

二
四条公牛从天空走来。
毫无傲气。尘土多似
牛毛。虫子的笔沙沙划动。

一群拥挤的马，枯瘦
像灰色瘟疫寓言里的马。
没有温情。太阳在转。

三
马厩味的村庄。瘦狗。
领导在集市上采购。

马厩味的村庄。白房。

他的天空跟随着他：像清真寺
尖塔里狭窄的内部。
山坡上，村子拖着翅膀。

四
一幢旧房向脑门开枪。
两个男孩在傍晚踢球。
一片疾速的回声——星空闪现。

五
漫长黑暗的途中。手表
和时间捕获的虫子在固执地闪烁。

坐满的车厢拥挤着宁静。
原野在黑暗中奔流而过。

但书写者在自己的世界
已走了一半，他是鼹鼠，也是鹰。

半完成的天空 (1962)

第一部分

夫　妇

他们熄灭灯。白色灯罩
在溶解的一霎晃闪了一下
如黑暗之杯里的一粒药片。上升。
旅馆的墙插入黑色天空。

爱的运动平息。他们睡去。
而他们最最隐秘的思想
像小学生潮湿画纸上
两种颜色相遇,交杂在一起。

黑暗。宁寂。城市在夜色中
逼近。和熄灭的窗子。房屋走来。
它们紧挨着站在受挤的
期待中。一群面无表情的人。

树和天空

一棵树在雨中四处走动。
在倾注的灰色中匆匆经过我们。
它有事。它在雨中汲取生命
就像果园里的一只黑鸟。

雨停歇,树停住脚步。
它在清澈的夜晚悄然闪现。
与我们一样,它在等待
雪花在天空中绽放的一霎。

脸对着脸

二月,活着的站着不动。
鸟懒得飞翔,灵魂
磨着风景,就像船
磨着自己停靠的渡口。

树背着身子而站。
死了的草在丈量雪深。
脚印在冻土上老去。
语言在防水布下枯竭。

有一天,某个东西向窗口走来。
工作中止,我抬头
色彩燃烧。一切转过了身。
大地与我对着一跃。

音　响

乌鸦用自己的歌声吹奏死人的骨头
我们站在树下，感到时间在下沉，下沉。
教堂和校园相遇，汇聚扩散如海上两股潮流。

教堂钟声用滑翔机柔软的翅膀飘入天空。
它们给大地留下更大的宁寂
以及一棵树平静的脚步，一棵树平静的脚步。

穿越森林

夏日时光的地窖
是一片叫雅伯的沼泽
那里,光酸成老年
和贫民窟滋味的饮料。

虚弱的巨人紧靠在一起
以防止东西跌落。
朽烂断折的白桦
像坚挺的教条站着。

我走出森林的底部。
树之间浮出光亮。
雨在我屋顶倾洒
我是采集印象的檐沟。

森林边空气温润——
转过身去的大松树
把嘴深深地埋在
泥土,畅饮雨水的阴影

兽皮缤纷的十一月

正因天空如此阴暗
大地才自己发光:
羞怯的绿色原野,
黑似猪血面包的耕地。

有一堵牛圈的红墙。
有一片水中的耕地
亮似亚洲的稻田——
海鸥在那里栖息,回忆。

雾气沉沉的林中空地
在彼此悠然唱和
深居简出的灵感
像尼尔斯·达克[1]潜入林中。

---

[1] 尼尔斯·达克(Nils Dacke),十六世纪瑞典斯莫兰省农民起义领袖。

第二部分

旅　行

在地铁车站。
死光线盯注下的
广告牌中间，一群拥挤的人。

火车来了，带走
脸和公文包。

接着是黑暗。我们像雕塑
坐在车厢里
在山洞里滑行。
强迫，梦想，强迫。

海平线下的车站上
有人在出售黑色新闻
钟盘下人忧伤地
默默走动。

火车开动
带走外衣和灵魂。

穿越山洞的途中
目光射向所有的方向。

仍没有变化。

但靠近地面时
自由的野蜂开始嗡嗡歌唱
我们走出地面。

乡村扑扇了一下翅膀
然后在我们面前躺下
辽阔,苍翠。

麦穗被风
吹过月台。

终点站!我跟着
走出终点站。

有多少人跟着?
三四个,就这些。

房屋,路,云朵
蓝色海湾,山峦
一齐打开它们的窗户。

C 大调

幽会后他走向大街。
雪花飞舞。
他们躺在一起的时候
冬天已经到来。
夜闪烁白色。
他欣喜地疾走。
城市在倾斜。
笑脸从身边闪过——
人人都在竖起的领子后面微笑。
多么自由!
所有问号都在赞美上帝的存在,
他这样想。

一个旋律松开自己
迈着大步
在飞雪中行走。
一切都向 C 调涌去。
抖颤的罗盘指向字母 C。
摆脱痛苦的一小时。
多么轻松!
人人都在竖起的领子后面微笑。

冰雪消融

早晨的空气递来它邮票发烫的信件。
积雪闪耀,负担减轻——一公斤只有七两。

太阳在冰的上空,在既冷又热的地方飞舞。
风慢慢走着,仿佛在推着一辆婴车

全家倾巢而出,看久违的蓝天。
我们置身在一个引人入胜的故事的第一章里。

阳光像野蜂身上的花粉粘住衣帽
阳光粘住"冬天"的名字,在上面坐着,直到冬天
　离去。

雪中一幅原木静物令我神思飞扬,我问:
"你们愿意跟我回我的童年吗?"它们说:"愿意!"

灌木里,词用一种崭新的语言呢喃:
"元音是蓝天,辅音是黑色枝杈,它们在雪中交谈。"

而穿着轰鸣之裙鞠躬的喷气式飞机
则让大地的静谧成倍地生长。

当我们重见岛屿的时候

船靠近岛屿的时候
暴雨袭来,船失明。
水银在海面上抖晃。
蓝灰色安闲。

大海也在屋里。
门厅的黑暗渗出一丝波光。
脚步在楼上移动。
旅行箱露出熨好的微笑。
一支印度铜船乐队。
一个波浪里睁眼的婴儿。

(雨开始消散
烟
踉跄着从屋顶上走过。)

而跟在后面的
比梦要伟大。

桤木小屋的岸。
写着"电缆"的牌子。
古老的石楠

为飞奔而来的人闪烁。

田野在礁石背后
我们的前哨——稻草人
在召集色彩

一个明亮的惊讶:
岛伸出手
把我从忧伤中捞起

从山上

我站在山上眺望海湾。
帆船栖息在夏日表层。
"我们是梦游者。飘游的月亮。"
白色的帆这样说。

"我们悄悄穿过沉睡的屋子
我们慢慢打开一扇扇大门
我们依偎着自由。"
白色的帆这样说。

我见过世界的意志航行
它们走着同一条航线——唯一的船队
"我们已经解散。不再是追随者。"
白色的帆这样说。

第三部分

浓缩咖啡

浓黑的咖啡在露天酒吧
与昆虫般明艳的桌椅为伍。

这被捕获的珍贵水滴
与"是"和"非"有着同样的威力。

它被抬出昏暗的屋子
眼睛不眨地盯视太阳。

这光天下行善的黑点
很快流入一位苍白的顾客。

它有时就像灵魂
捕捉到的黑色深刻

给人以美妙一击:走!
让眼睛睁开的灵感。

第四部分

宫　殿

我们走入。唯一的大厅，
宁寂，空荒。地板表层
犹如一座被弃的溜冰场。
所有门都关着。空气灰暗。

墙上挂着画。我们看见
图像在疲惫地拥挤：盾
秤砣，鱼群，另一头
喑哑世界里搏斗的形象。

一尊塑像被放在这片空虚里：
一匹马站在大厅的中央
我们在被空虚捕获之后
才注意到这匹马的存在。

比海螺的嗡嗡声更弱的
都市里的噪音和人声
云绕着这间空荡的屋子
喧闹着在寻找某种权力。

还有其他东西。某黑暗物
它在我们感官的五道

门前住脚。它没跨越。
沙子在无声的沙漏里流淌。

到了走动的时候。我们
向那匹马走去。它很大，
黑得像铁。一个帝王
消失时留下的权力化身。

那匹马说："我是唯一的。
我甩掉了骑在我身上的空虚。
这是我的棚。我慢慢生长
我吞吃这屋里的荒寂。"

锡罗斯

超额的船队在锡罗斯港排队静等。
船头挨着船头。停泊了好几年:
CAPE RION,蒙罗维亚。
KRITOS,昂德罗斯。
SCOTIA,巴拿马。

水上黑色油画,人们把它们搁在了一边。

就如同长成巨人的儿时玩具
抱怨我们
没实现童年的梦想。

XELATROS,皮勒厄斯。
CASSIOPEJA,蒙罗维亚。
海读完了它们。

我们第一次到锡罗斯的时候,是夜晚,
月光下,我们看着一个个紧挨着的船头,想:
多强大的船队,出色的关系!

在尼罗河三角洲

年轻的夫人在城里转游了一天后
返回旅馆,吃饭时泪落盘中。
她看见地上爬着躺着的患者
以及那些注定死于苦难的孩子。

她和丈夫回到自己的房间
那里,有人用水遏制了飞尘。
他们交谈了几句,在各自的床上躺下。
她沉沉睡去。他无法入眠。

巨大的警笛在外面黑暗里流过。
喧杂,脚步,呼喊,车辆,歌声。
危难在蔓延。危难不会终结。
他在"不"字里蜷缩着睡去。

一个梦走来。他在海上旅行。
灰色的水面浮出一个运动
一个声音说:"有一个人是好的,
有一个人可以毫不愤恨地看着这一切。"

第五部分

游动的黑影

关于撒哈拉岩石上的
一幅史前壁画:一个
黑暗身影,在古老
而又年轻的河里游动。

没有武器和战略,
既没休息,也没奔跑
与自己的影子分离:
影子在激流深处滑行。

他拼搏,试图摆脱
沉睡的绿色画面,
为了能最后游到岸上
与自己的影子结合。

挽 歌

他放下笔。
笔静静地躺在桌上。
笔静静地躺在空地。
他放下笔。

不能写也不能沉默的东西太多!
远方发生的事让他不知所措
虽然美妙的旅行包如心脏在跳动。

外面是初夏。
口哨声从绿荫中飘来——是人?是鸟?
开花的樱桃树触摸回家的卡车。

一个个星期过去。
白天越来越长。
蛾子在车窗上歇脚:
来自远方的惨白的微型电报。

活泼的快板

黑色日子走后,我演奏海顿,
手上感到一丝简单的温暖。

琴键愿意。温和的榔头在敲。
音色青翠,活泼,安详。

音色说:自由并没有消亡,
有人不向皇帝进贡。

我把手插入我的海顿口袋
模仿一个人从容地观望世界。

我升起海顿旗帜,表示:
"我们不屈从,但渴望安好!"

音乐是山坡上的一栋玻璃房屋
那里石头在飞,石头在滚。

石头飞滚着横穿过屋子
但每一块玻璃都安好无损。

半完成的天空

懦弱中断自己的宣泄。
恐惧中断自己的颤抖。
兀鹰中断自己的飞翔。

急切的光喷涌而出,
连鬼魂也喝上了一口。

我们的画出现在白昼,
我们冰川期画室的红色野兽。

一切开始左右张望。
我们成百上万地走入阳光。

每个人都是一扇半开的门
通向一间共有的房间。

无垠的大地在我们脚下。

水在树间闪烁。

湖泊是朝大地开着的窗户。

夜　曲

夜晚我开车穿行一座村庄。房屋
向聚光灯涌来——它们醒着,它们想喝水。
房屋,仓库,路牌,无主车辆——此刻
它们穿上了生命——人在睡觉。

有的安静地睡着,有的神情紧张,
好像躺着在为不朽苦练。
他们睡梦沉沉,却怕松开一切。
他们躺成放下的栏杆时,神秘悄然经过。

村外,路在森林中长时间散步。
树,树在彼此的默契中沉默。
它们身上带有火光奇丽的色彩。
它们的叶子是多么清晰!它们一直陪我到家。

我躺下,准备入睡。我看见陌生的图像
与文字在眼帘背后的黑暗之墙上
涂写自己。在醒和梦的缝隙
有一封巨大的信正徒劳地向里拥挤。

冬 夜

风暴把嘴贴着屋子,
　　想吹出一个曲调。
我不安地躺着,翻身,闭眼
　　默读风暴的歌词。

但孩子的眼睛在黑暗里睁大。
　　风暴在为孩子哼吟。
他们都爱晃荡的灯泡。
　　他们在通往语言的途中。

风暴长着天真的翅膀。
　　卡车向拉普兰飞奔。
屋子认识铁钉的星宿——
　　它们固定着墙壁。

地板上,夜安然地躺着
　（那里,消逝的脚步
如池中的落叶安息）
　　但外面,夜在拼命撒野!

一阵更猛的风暴穿越世界。

　　它把嘴贴着我们的灵魂
想吹出曲调。我们怕
　　风暴会把我们吹空。

音色和足迹 (1966)

带解释的肖像

这里是我认识的一个男人的肖像。
他坐在桌边,拿着份报纸。
眼镜背后的目光朝下。
身上干净的西装闪烁针叶的光芒。

这是一张只完成一半的惨白的脸——
它始终给人以信赖。所以
大家对他避而远之
怕万一招来不幸。

他的父亲钱多如露珠。
但全家仍过着提心吊胆的生活——
仿佛陌生的思想
会在半夜闯入他们的豪宅。

龌龊的大蝴蝶——报纸
桌椅,脸在休息。
生活停在巨大的水晶吊灯下。
那就让生活休息一下!

*

他身上的我在休息。
我存在。他没去感受
所以我活着,存在。

我是什么?曾经
我在几秒钟里完全接近
我是什么。**我**是什么,**我**是什么

但当我看见**我**时
我已消失,一个洞出现
我像爱丽丝那样坠落。

里斯本

阿尔法玛区的黄色电车歌唱着向坡上开去。
那里有两座监狱。一座关押着小偷。
他们从铁窗里招手。
他们高喊他们想被拍摄!

"但这里,"售票员说,像个分裂的人嘿嘿一笑
"这里关着政治家。"我看见墙面,墙面,墙面。
一扇高高的窗口那里有人
举着望远镜在眺望远处的大海。

天上挂着洗过的衣服。城墙发烫。
苍蝇读着微型书信。
六年后,我问一个从里斯本来的女士:
"这是真的,还是我梦见了这一切?"

选自非洲日记
（1963）

在刚果街头画的画面上
人像被剥夺了精神，如干瘪的虫子蠕动。
这是两种不同生活方式间的艰难通道。
抵达者有很长的路要走。

一个年轻人发现在草屋中迷路的外国人。
他不知道把他当作朋友还是当作敲诈的对象。
犹豫使他恼怒。他们在困惑中分手。

欧洲人要不然就守着好像是母亲的私家车。
蝉声响似电动剃刀。车往家里开去。
美丽的黑暗很快将照料弄脏的衣服。睡吧。
抵达者有很长的路要走。

也许候鸟飞翔的握手方法能解决问题。
也许让真理飞出书本才能解决问题。
继续行走是必要的。

大学生在夜间读书，读书，读书，为了自由
为了考试后飞黄腾达。
一条艰难通道。
抵达者有很长的路要走。

坡　顶

电梯叹了口气,开始在楼里
上升,像易碎的瓷器。
炎热躺在外面的柏油路上,
路标耷拉着眼皮。

乡村是通往天空的坡道。
坡顶层层,没有真正的影子。
我们借着电影镜头里的夏天
飞着追赶离去的您。

晚上,我像一条熄灯的游船
躺着,与现实保持
适当的距离。船员们
在岸上的公园里蜂拥着游逛。

礼 赞

沿着非诗的墙走。
Die Mauer[1]。不看墙后。
墙想围住常规城市,常规风景里的
我们成人的生命。

艾吕雅触碰某个键
围墙打开
花园出现。

昔日我提着奶桶穿越森林。
周围到处是紫色树干。
古旧的玩笑悬挂在那里,
美如许愿的纸船。

夏天读完了《匹克威克外传》。
甜美的生活,平静的马车
拖着一群暴怒的绅士。

闭上眼睛,换马。

---

1 Die Mauer:德语,墙。

幼稚的想法在危难中到来。
我们在病床边恳求
在恐怖中休息,一道突破口
匹克威克们从那里闯入

闭上眼睛,换马。

人很容易爱上
那些跋涉已久的碎片。
教堂钟上的铭文
跨过圣人的警句
以及千百年古老的种子。

阿尔基洛科斯!——没有应答。

群鸟掠过大海竖起的毛发。
我们把自己和西门农一起
锁在屋里,体验长篇连载
喷吐的生命气息。

请感受真理的气息。

洞开的窗子
黄昏离别的书信。
已停在树梢跟前。

正冈子规,比约林,翁加雷蒂[1]
用生命粉笔在死亡黑板上书写。
那完全可能的诗。

我在枝杈摇晃时抬头。
白色的海鸥吃着黑色的樱桃。

---

[1] 正冈子规(Masaoka Shiki),比约林(Gunnar Björling),翁加雷蒂(Giuseppe Ungaretti),分别为日本、芬兰、意大利的著名诗人。

冬天的程式

一
我在我床上睡去
在船尾波涛下醒来。

这是凌晨四点
生活刮干的骨头
在做冰冷交际。

我在燕子中睡去
我在老鹰中醒来

二
街灯下路面的冰
油脂一样发亮。

不是非洲。
不是欧洲。
而恰恰正是"这里"。

那所谓的"自我"
无非是黑暗的

十二月嘴里的一个词。

三
黑暗中展出的
机构的凉亭
像电视屏幕闪烁。

一个隐秘音叉
在浩荡的寒冷里
演播自己的音乐。

我站在星空下
感到世界在爬
出入我大衣
如出入一只蚁窝。

四
三棵钻出雪地的橡树
长得粗糙但灵巧。
它们巨大的瓶身
在春天会喷吐绿色的泡沫。

五

公交车爬着穿越冬夜。
它像船在松林中闪耀。
路是深且窄的死运河。

少量乘客:有的年老,有的年少。
只要汽车一停,熄灯
世界就立刻会崩溃。

晨 鸟

我唤醒挡风玻璃
被花粉遮蔽的汽车。
我戴上墨镜。
群鸟的歌声变暗。

而就在此时,另一个男人
在火车站巨大的货车附近
买了份报纸。
锈得发红的车厢
在阳光中闪烁。

这里并没有空位。

一条寒冷的走廊横穿过春天
有人匆匆走来
说别人在领导那里
诬告了他。

喜鹊从风景的后门
飞来
黑和白,地狱鸟。
乌鸫交叉着奔跳

直到一切变成一张炭笔画
但晾衣绳上的白床单除外：
一个帕莱斯特里纳[1]的合唱队

这里并没有空位。

太妙了，在我抽缩之时
感受我的诗如何生长。
它在生长，它占据我位置。
它把我推到一边。
它把我扔出巢穴。
诗已完成。

---

[1] 帕莱斯特里纳（Giovanni Pierluigi da Palestrina，1525—1594），意大利文艺复兴时期作曲家。

论历史

一

三月的一天我来到湖边聆听。
冰像天一样蓝。它在阳光下破裂。
而阳光也在冰被下的一只麦克风里低语。
咕咚作响,发酵。有人像在远处掀动床单。
这一切就像历史:我们的**此刻**。我们下沉,我们聆听。

二

大会像飞舞的岛屿聚拢,几近相撞……
随后:一条妥协的颤晃的长桥。
所有车辆都将在那里行驶
在星空下,在被尚未出生
被扔入虚空米粒一样匿名的惨白的脸下。

三

1926年歌德扮成纪德游历非洲,他看到了一切。
几张脸因死后才能看到的东西变得清晰起来。
一幢大楼在阿尔及利亚新闻
播出时出现。大楼所有的窗都黑着,

除一扇除外:我们在那里看到德雷福斯[1]的脸。

四

激进与保守生活在一起,像一场不幸的婚姻,
互相改变,彼此依赖。
但作为它们的孩子我们必须打破格局。
每个问题都在用自己的语言呼唤。
请像警犬那样在真理踏过的地方摸索!

五

离房屋不远的野地里
一份充满事件的报纸已在那里躺了好几个月。
它在日晒雨淋的昼夜里衰老,
变成植物,变成白菜,和大地连成一体。
就像某个记忆慢慢变成你自己。

---

[1] 德雷福斯(Alfred Dreyfus, 1859—1935),法国军官,犹太裔。1894年被指控犯有叛国罪,引起反犹风潮,后被证明无罪。

孤 独

一

二月一个夜晚,我差点在这里丧生。
我的车滑出了车道,进入
路的另一侧。相遇的车——
它们的灯——在逼近。

我的名字,我的女儿,我的工作
松开我,默默留在背后
离我越来越远。我像校园
一个被对手团团围住的男孩一样孤立。

逼近的车射出巨大的光。
它们照着我,我转动着,转动着方向盘,
透明的恐惧如蛋白滴淌。
瞬息在扩大——你能在那里居住——
它们大得就像医院的大楼。

你几乎能在撞碎前
停下
吸一口气。

这时出现一粒沙子,一个支点

一阵神奇的风。车
脱了险,飞快爬回自己的车道。
一根电线杆横空飞起,断裂————阵尖响——它
飞入了黑暗。

四周平静下来。我系着安全带坐着
等待某人冒着暴风雪
看我是否出事。

二
我长时间在
冰冻的东哥特田野上游逛。
半天不见人影。

但在世界其他角落
人在拥挤中
出生,活着,死去。

想引人注目——生活在
眼睛的海洋里
你就必须有特殊表情。
在脸上面抹泥。

呢语飘起,下坠
在自身,天空,

影子,沙石间分裂

我必须孤独
早上十分钟
晚上十分钟。
——什么事也不做。

所有人都在对方那里排队。

有几个。

一个。

在劳动的边缘

*

上班的时候
我们疯狂渴望起狂野的绿荫,
渴望只有电话线纤细的文明
才能穿越的荒野。

*

自由的月亮带着石头和重量
围着叫"工作"的行星旋转——他们就要这种生活。
回家路上,大地竖起耳朵。
深渊用青绿的草茎倾听我们。

*

甚至这个工作日也有私人的安宁。
就像运河穿越烟雾笼罩的内陆:
船在拥堵的路上骤现
或在厂房背后滑行,一个白色流浪者。

*

我在某星期天路过一片灰色
水域前的一栋没刷漆的新盖木房。
它只完成了一半。它的木料
和游泳者身上的皮有着相同的色彩。

*

灯光外,九月的夜黑成一片。
眼睛习惯的时候,大蜗牛
爬行的地面开始渗出淡淡的光亮
蘑菇多似天上的星星。

某人死后

有一个震惊
留下一条长长的明艳惨白的彗星尾巴。
它占据我们。它使电视图像模糊。
它像空气管道上冰凉的水珠云集。

你可以继续在冬天的阳光里滑雪
穿越悬挂枯叶的树林。
它们像旧电话簿上撕下的纸页——
用户的名字已被寒冷吞噬。

感受心跳仍是一件舒服的事。
但我们常常觉得影子比身体更为现实。
站在自己黑龙盔甲旁的武士
显得微不足道。

俄克拉荷马

一

火车停在南方腹地。纽约大雪纷飞。
这里你可以整夜穿衬衣行走。
但路上空无一人。只有汽车
在自己的光中飞过,一个个飞碟。

二

"我们这些战场,我们
为死去的亲人而感到骄傲!"
一个声音在我醒来时说。

柜台背后的男人说:
"我不想出售它们,
我不想出售它们,
我只是想让你们看看!"
他亮出一把把印第安人的斧头

男孩说:
"先生,我知道我有成见
我想摆脱它,先生
你们是怎样看我们的?"

三

这家汽车旅馆是个陌生硬壳。与一辆
几乎毫无记忆和职业的出租
(门口一个庞大的白色仆人)
我终于向我自己的中心沉去

夏天的原野

已目睹了很多。
现实损耗着一个人的身心,
但夏天总算来了:

大型机场——调度员
从天空中卸下
一批又一批冻僵的人。

草和鲜花——我们着陆。
草有一个绿色领导。
我向它报名。

内陆暴雨

雨珠敲打车顶。
雷霆滚动。车放慢速度。
路灯在夏日白天点亮。

烟钻入烟囱。活着的
曲蜷着,合上眼帘。
一个向内的运动,更好地感受生命。

车几乎瞎了眼。他停下,
点上一支烟,吸着
雨水沿窗玻璃飞溅。

这里,森林公路
蜿蜒着经过睡莲的湖泊
和隐入雨中的山峦。

山上有铁器时代留下的
遗址,那里曾是
部落战场,一个冷刚果。

劫难把家畜和人
驱赶成城墙背后

灌木和山顶石堆中发出的嘈杂。

黑暗山坡,有人持盾
向山顶摇晃着冲去,
他想,但车停在原处。

天亮了起来。他摇下车窗。
一只鸟在越加纤细安静的雨中
为自己吹奏笛子。

湖面紧绷着。打雷的天空
用睡莲向淤泥低语。
森林的窗户慢慢打开。

但雷霆在静中爆发!
一声震耳欲聋的轰响。随后;空。
最后的水珠飘落。

静中他听见应答到来。
从远处。一种粗糙的童音。
山升起哞哞喊声。

一阵音色混杂的鸣咽。
一个铁器时代嘶哑的小号。
也许来自他身体的深处。

在压力下

蓝天轰鸣的马达是强大的。
我们置身一个抖颤的工地,
那里海底会骤然闪现——
海螺和电话嗡嗡作响。

美只来得及从旁侧观览。
稠密的麦穗,黄色激流里的缤纷色彩。
我大脑焦灼的影子飞向那里。
它们想钻入麦穗,变成黄金。

黑暗降临。深夜我躺入被窝。
小船从大船上被推入海中。
人孤单地漂在水上。
社会黑暗的船身越走越远。

打开和关闭的屋子

有个人专门像手套那样来体验世界。
白天他休息一阵,脱下手套,把它放在架上。
手套突然膨胀起来,四下扩展
用黑暗填满整栋房屋

被弄黑的房屋在春风中站着。
"大赦。"草在低语,"大赦。"
一个男孩捏着斜向天空的隐线在奔跑。
他狂野的未来之梦像只比郊外更大的风筝在飞。

更北的一个高处,你能看到那无垠的蓝针叶地毯
那里云朵的影子
静立不动。
不,在飞。

一个北方艺术家

我,爱德华·格里格[1],在人群中自由地活着。
我爱开玩笑,读报,旅行。
我指挥乐队。
音乐厅里的吊灯在掌声中颤成靠岸的火车渡轮。

我来北方是为了征服宁寂。
我的工作室很小。
钢琴挤在那里,像屋檐下的燕子。

美丽的陡坡喜欢沉默无声。
没有通道。
有的只是一扇时而打开的小窗。
一道直接来自妖魔的飞溅的强光。

删减!

锤声从山里飘来
飘来
飘来
假装心跳

---

[1] 爱德华·格里格(Edvard Grieg,1843—1907),挪威作曲家。

在春夜飘入我房间。

临死前我将寄出四首追踪上帝的赞美诗。
它们从这里开始。
讲它们的歌就在眼前。

就在面前。

战场在我们体内。
我们，死者的骨头
拼搏着为了再生。

在旷野

1
晚秋的迷宫。
森林入口处有一只被扔弃的空瓶。
走入。森林此时是一块被弃的安谧的租地。
只有两三种声音:仿佛有人在用镊子小心夹着树杈
或是一只铰链在粗壮的树身里吱咯作响。
蘑菇遭受了霜打,抽缩着
像失而复得的用品和衣物。
黄昏降临。必须离去
重见自己的路标:田野生锈的农具。
湖对岸,一栋鸡精般强壮的四方形的棕暗红色房屋。

2
一封美国来信令我心潮起伏,走出屋子。
六月明亮的夜站在城郊空荡的街上
站在没有记忆、冷似图纸的新建的街区。
口袋里的信。阴郁疯狂的散步,这是祈祷。
善恶在远方确实长着面孔。
而在此处基本上是根、数据和明暗之间的争斗。

那些为死亡办事的人绝不会躲避天光。

在玻璃房指挥,在烈日下拥挤的人。
把身子伸到柜台后然后左顾右盼的人。

我在远处一栋新盖的大楼前驻足。
众多的窗子重叠成一扇窗子。
夜空的光亮和树冠的漫游被关押在那里。
这是一个没有波浪的湖泊,悬在夏天的夜晚。

霎时间
暴力如梦似幻。

3
太阳燃烧着。飞机低低飞行。
投下一个在地上飞跑的形同影子的十字架。
有人坐在田里挖掘。
影子到来。
他霎时处在十字的中心。

我见过挂在教堂冰凉穹顶上的十字架。
它有时像某个东西
在剧烈运动时的瞬间模样。

缓慢的音乐

房屋关闭着。阳光从窗户的玻璃挤入
烤热强壮得足以托起
人的繁重命运的书桌表层。

我们今天在外面,在宽阔的坡上。
很多人穿着深色衣服。你可以站在太阳下闭眼
感受身体慢慢被吹向前去。

我很少来到水边。但此刻,我站在这儿,
在背影安逸的大石头中间。
石头慢慢后退,从浪花中走出。

看见黑暗 (1970)

名　字

开车的途中我突然犯起困来,把车开到路边的树下。在后座上蜷缩着睡去。睡了多久?几小时。黑暗降临。

我惊醒。我不再认识自己。十分清醒,但无济于事。我在哪儿?我是**谁**?我是后座醒来的某个东西,东闻闻西嗅嗅,像布袋里面一只惶恐的猫。谁?

我的生命终于归来。我的名字像天使一样到来。墙外小号在吹(像《利奥诺拉序曲》)。拯救的脚步飞快地飞快地走下长长的梯子。这是我!这是我!

但要忘掉公路边车辆打灯划过的遗忘地狱里的这十五秒钟的搏斗,是绝对不可能的。

几分钟

低矮的松树从沼泽里昂头:一块黑色破布。
但你看到的无法与树根
相比,那些向外扩张,悄悄爬行,没死或半死的
根部。

我你她他也像树杈一样交错。
在意志之外。
在都市之外。

雨从乳白色的夏日天空飘落。
感觉我所有的感官与另一个生命联结在一起。

它顽固地活动着
像黑暗坠泻的体育场上那些披着光奔跑的运动员。

喘息,七月

谁脸朝上躺在高大的树下
谁也在树上。他跟着千百条枝杈舒展
来回不停地摆晃,
坐在慢镜头一只跳出机舱的救生椅上。

谁站在渡口眯着眼睛打量流水。
渡口老得比人更快
它们的腹中怀有银灰色的木条与石块。
刺眼的阳光照样穿透。

谁坐在敞开的船上一整天
在闪亮的海湾上游逛
当岛屿像一只只巨蛾在玻璃上爬行
他会在蓝色的灯泡里安睡。

顺着江河

和同时代人交谈我看到听到他们脸后的
江河
在流淌，流淌，在顺心或违心地漂浮。

想顺流而下的生物
闭上眼
把自己扔入前方，在追求单一的渴望中
面不改色。

水流得更快急

在河床变窄的地方
形成急流——一个我在六月的夜晚
穿过干燥森林后

休息的地方：收音机在播放
特别会议的近况：柯西金[1]，埃班[2]。
一些思想在绝望中钻洞。
一些人从村里消失。

---

1 阿列克谢·柯西金（Alexei Kosygin, 1904—1980），苏联领导人，政治家。
2 阿巴·埃班（Abba Eban, 1915—2002），以色列外交家和政治家。此诗写于1969年中东"六日战争"之后。

吊桥下水块冲撞着
流去。木筏漂来。几根木头
像鱼雷径直扑来。有的
猛然掉头,缓慢无奈地漂转。

有的向河岸摸去,
闯入石头和碎片,死死卡在里面
像合十的手高高拱起

轰响中一动不动……

    在吊桥上,
在云集的蚊群里
我和几个男孩看到听到这一切。他们的自行车
被埋在绿荫里——只有角
从那里伸出。

边缘地带

穿地面颜色工装的男人从一条沟里钻出。
这是交界地,死亡之地,既非城市,也非乡村。
天边,工地的吊车想大步飞跃,但钟不干。
扔在地上的水泥管用干燥的舌头舔着日光。
汽车钢板车间搬入昔日的牛棚。
石头投下影子,清晰如月亮表层的物体。
这些地方在疯狂生长。就像用犹大的钱
买来的东西:"把陶艺家的田变成陌生者的坟地。"

交　通

重型卡车拖着车厢在雾中爬行。
一只蜻蜓蛹的庞大影子
在湖泊底部的浑浊中蠕动。

聚光灯在滴水的森林里相遇。
你无法看见对方的脸。
光河在针叶里冲撞。

黄昏。我们，影子，车辆
从四面八方涌来，紧挨着前行，
擦肩而过，在压低的警笛里

进入平原。这里，工厂在哺乳，
建筑一年下沉两毫米——
地面在慢慢吞咽着它们。

不可分辨的爪子，在被梦到的
在最光亮的产品上留下痕迹。
种子试着在柏油里生活。

但首先是板栗树，郁郁不乐
好像它们准备用铁手套

来替代盛开的白花。它们背后：

写字楼。坏了的日光灯在跳闪
跳闪。这里有一扇暗门。打开它！
请从那倒置的潜望镜里

往下看，看出口，深处的管道。
海藻像死人的胡子在那里生长
清洁工穿着黏液的工装

在吃力地游动。他将窒息。
没人知道该怎么办，只有锁链
被不断地砸碎，接上，砸碎，接上。

夜 值

一

今夜,我和压舱物待在一起。
我是预防船体倾覆
那些喑哑无声的重量!
黑暗里,模糊的脸就像石头。
它们只会嚷嚷:"请别碰我!"

二

其他的声音涌入。倾听者
就犹同一个细小的影子
在收音机闪光的频道上移动。
语言和刽子手并肩在走。
所以我们必须使用新的语言。

三

狼在这里,所有时光的朋友。
它用舌尖舔舐着窗子。
山谷中到处是飞舞的斧头。
夜班机的轰鸣从天上流过,
缓慢地,像轮椅的铁轮。

四

人挖掘着城市。但现在已静。
在教堂公墓的榆树下：一台
空着的挖土机。翻斗朝地——
一个趴在桌上，紧攥着
拳头的沉睡者的姿势——敲钟。

敞开的窗户

早晨我站在二层
那扇打开的窗前
刮胡子。
我启动电动剃须刀。
它开始嗡嗡作响。
它转动得越来越猛。
变成一阵轰鸣。
变成一架直升飞机。
一个声音——飞行员的——从轰响中
伸出头,喊道:
"请睁大眼睛!
这是你最后一次看见。"
我们上升。
低低飞过夏天。
如此多我喜欢的东西,它们有重量吗?
一打绿荫的方言。
尤其是木屋墙上的红色。
甲虫在粪堆,在阳光下闪耀。
连根拔起的地下室
穿过空气走来。
忙碌。
印刷机在爬。

此刻只有人
处于静止状态。
他们沉默了一分钟。
乡村公墓里的死者
更是正襟危坐
就如同照相机早期那些坐着拍肖像的人
飞低一点!
我不知道我的头
该转向何处——
视线分成两爿
像马。

序　曲

一

我害怕飞雪中拖曳着脚而来的东西。
将至的碎片。
一堵残壁。没有眼睛的器物。冷酷。
一副牙齿的面孔！
一堵孤单的墙。也许是一幢
我没看见的房屋？
未来：一队空房部队
在飞雪中摸索着前进。

二

两个真理彼此接近。一个从里来，一个至外来。
它们相遇的地方你能看到自己。

发现这一现象的人绝望地喊道："算了！
无论怎样，我都不想认识我自己。"

有一只船试图停靠——想停在这里——它会不停地
　尝试。

一只长长的船钩从黑暗的森林飞来，飞入洞开的窗，进入满身是汗跳舞的晚会客人中间。

三

我住了大半辈子的房屋已搬迁一空。一切荡然无存。锚已松开——尽管屋子仍带着忧伤,但它是全城最轻的一间。真理不需要家具。我围着生命走了一圈,重新回到出发地点:一间被风吹透的屋子。我在这里经历的东西像埃及壁画在墙上浮现,一座墓穴墙上的景致。但它们正消失殆尽。光强了一点。窗子膨胀。这空虚的屋子是一架瞄准天空的大望远镜。它静得像贵格会[1]教徒的祷告。唯一能听见的是院子里的鸽子,它们咕咕的打嗝声。

---

1 贵格会,基督教的一支,此派反对在任何情形下使用暴力或诉诸战争。

直 立

凝神的一霎，我抓到一只母鸡，我拎着它站着。奇怪，它好像不是活的：僵硬、干瘪，一顶饰有羽毛的白色女帽喊出1912年的真理。闪电悬在空中。一股气味从木板上升起，就像我们打开一本老旧的相册，因年代久远而难以辨识上面的面孔。

我把母鸡拎到鸡圈里放了。它突然活跃起来，恢复了常态，像平时那样奔跑起来。鸡场充满了禁忌。但周围的土地充满了爱和勇气。一道低矮的石墙被绿荫覆盖了一半。天黑时，石头开始微微散发建墙的手留下的百年温热。

冬天是严酷的，但现在是夏天。大地要我们挺胸。自由但谨慎，就像站在一条狭窄的船上。于是想起非洲的一次经历：沙里河畔。许多船，一种十分友好的气氛。墨蓝色皮肤的人（萨拉族人）两边脸颊各长着三块平行的疤。他们欢迎我上船——一种黑色独木舟。我蹲下的时候，船剧烈摇晃起来。一个掌握平衡的节目。如果心坐在左侧，头就得往右靠，口袋不可放东西，动作不能太大，必须放弃好胜的雄辩。正是这样：这里无法雄辩。独木舟在水上滑行。

书　柜

它是从死者的屋里弄来的。在我放入沉重的新书前——精装本——空了几天，空着。我因此把深渊放了进来。某种东西从底下到来，缓慢但不可阻挡地上升，像一根大水银柱里的水银。你无法转身离去。

黑暗的书卷，紧闭的面孔。他们像站在分界线弗里德里希大街上的阿尔及利亚人，等待人民警察检查护照。我的护照很久前已放入一只玻璃柜。柏林那天的雾也在那里。这里有一种年迈的绝望，带有帕斯尚尔战役和凡尔赛条约的气息。并且比这气息更加古老。黑色、沉重的书籍——等一会儿再说它们——它们其实是一种护照，厚得足以在数百年内收集大量的印章。人当然不会带着这些沉重的行李，在他上路前，在他终于……

旧历史学家也在那里，他们得站起身，窥视我的家庭。喑哑，但嘴唇在玻璃背后不停地挪动（"帕斯尚尔战役"……），你会想到一个老掉牙的官僚机构（现在已被一个鬼故事盯上），一幢大楼，金框玻璃后挂着很久以前死去的人的肖像，某个早晨玻璃内侧结满了水气。肖像在夜间开始呼吸起来。

但玻璃柜更让人震撼。目光横跨过分界线!一层闪光的薄膜,一条房屋必须映照的黑河表层发光的薄膜。你无法转身离去。

小　路（1973）

给防线背后的朋友

一

我的信写得如此简短。而我不能写的
像一条古老的飞船膨胀,膨胀
最后滑翔着穿过夜空消失。

二

此刻信落到了审查官手中。他打开灯。
灯光下,我的言辞像铁栏上的猴子飞起,
抖动身子,静静站立,露出牙齿。

三

请读字里行间的意思。我们将在两百年后相会。
那时酒店墙里的窃听器已被遗忘。
我们终于能安睡,变成直角石。

一九六六年——写于冰雪消融中

哗哗,哗哗的流水,轰响,古老的催眠
河流淹没了废车堆积场,在面具的背后
闪烁。
我紧紧抓住桥栏。
桥:一只展翅飞越死亡的巨大的铁鸟。

十月即景

拖船修痕斑斑。它为何停在内陆深处?
这是寒冷中一盏熄灭的沉重的孤灯
但树有强烈的色彩。信号传向彼岸!
有几棵好像等着被带走。

回家路上,我看见钻出草坪的黑墨蘑菇。
这是黑暗的地底
一个抽泣已久的求救者的手指。
我们是大地的。

深　入

在巨大的城市入口
太阳低低地垂着。
车辆密集，爬行。
一条迟钝的闪光的龙。
我是龙的一片鳞甲。
火红的太阳
突然在挡风玻璃上出现
汹涌而入。
我被照透。
一篇文章
在我体内露脸，
无色之墨写成的文字
在纸放在火上时
显现！
我知道我必须远离
横穿城市，然后
继续，直到钻出车子
在森林里长时间散步。
沿着穿山甲的足迹前进。
天黑了下来
很难再看清什么。
那里，苔草上，石头躺着。

有一块昂贵至极。
它能改变一切。
它能让黑暗发光。
它是整个国家的断流器。
一切都系在它身上。
请看它！触摸它……

站　岗

我受命待在外面的石堆里
做铁器时代的高贵死尸。
其他人留在帐篷睡觉,
舒展成一只轮子的辐条。

炉子主宰着帐篷:一条
吞噬火球嘶嘶响的巨蛇。
但外面:寂静。冰石
在春夜里等待阳光的到来。

这里,冰冷中,我开始
巫师般飞翔,飞入她那
带着泳装印痕的躯体——
我们在阳光下,苔衣暖人。

我沿着温暖的瞬息逛游
却无法在那里久留。
他们吹着哨把我从天上召回。
我在石堆里爬。在此刻。

任务:做到人到心到。
即使扮演一个滑稽严肃的

角色——我正是造物
自我改造的那一方宝地。

天亮了。稀疏的树身
获得了色彩,霜打的春花
排列成一行,静静走动
寻找在夜间失踪的士兵。

但人到心到。等一等。
我焦灼,固执,迷惘。
将发生的,早已发生!
我能感到。它们在外面:

路卡处,一群嘈杂的人。
他们一个个地过。他们
想进入。为什么?他们
一个个地过。我是链式绞盘。

沿着半径

一
冰封的河流在阳光下闪耀。
这里是世界的屋顶。
宁静。

我坐在岸上一条翻转的船上
吞吃安宁的鸦片
旋转。

二
一只车轮在无限扩展,滚动
这里是中心,几乎
静止。

远处有动静:雪中的梯子
顺着墙面疾走的
文字。

高速公路上汽车在咆哮。
抄小路者寂然
无声。

远处：速度的轰鸣，逆风里
悲剧的面具——远处：
匆忙

爱情最后的表白在那里蒸发——
水珠在钢铁翅膀上
爬行——

侧影在叫——挂着的电话筒
在砰砰地相撞——
神风！

三
冰封的河流在闪烁，沉默。
影子深深躺在这里
无声。

我迈向这里的脚步是地里的爆炸。
它被寂静层层地涂抹，
涂抹。

地面透视

白色太阳滚入烟雾。
光滴落,向下摸索

进入我最深处的眼睛。
它们在城市底下栖息

仰视:大街,房基——
像战争中航拍的城市。

或相反——一张鼹鼠照:
色彩聋哑的寂静方块。

决策在那里制定。死人的
骨头无法与活人的分开。

阳光渐渐增强
涌入机舱和所有的豌豆。

七二年十二月晚

我来了,那隐形人,也许受雇于一个
伟大记忆,为生活在现在。我经过

门锁着的白色教堂——一个木制圣人
站在里面,无奈地笑着,像有人拿走了他的眼镜。

他是孤独的。其他一切都是现在,现在,现在。重量
　定律
白天逼我们工作,夜里逼我们睡觉。战争。

解散的集会

一

我们让他们看我们的家。
参观者想:你们住得不错。
贫困在你们体内。

二

教堂内:穹顶和柱子
石膏样白,石膏的绷带
裹着信仰断折的手臂。

三

教堂里,乞讨的碗
从地上将自己托起,
沿着一排排长椅走动。

四

但教堂钟声必须在地下行走。
它们在阴沟里挂着。
它们在我们脚下回响。

五

梦游者尼哥底母走在通往
地址的路上。谁有地址?
不知道。但我们朝那里走着。

五月暮

盛开的苹果树樱桃树协助这里在甜美龌龊的
五月之夜飘浮,白色救生衣,思绪飞扬。
草和杂草固执地扇动无声的翅膀。
信筒平静地闪烁,写下的信无法收回。

凉爽的微风进入衬衫,搜索心脏。
苹果树樱桃树,它们在暗暗嘲笑所罗门。
它们在我的隧道里开花。我需要它们。
不是为遗忘,而是为追思。

悲　歌

我打开第一扇门。
这是一间被阳光照亮的大屋子。
一辆沉重的卡车从街上驶过
令瓷器震颤。

我打开二号门。
朋友！你们喝着黑暗
并暴露在光天化日下。

三号门。一间窄小的旅馆房间。
窗对着背后的马路。
一盏街灯在柏油上闪烁。
经验那美丽的熔渣。

波罗的海 (1974)

第一部分

在无线电天线时代到来之前。

外公刚当上领航员。他在台历上记录着自己导过的
  船只——
船名，目的地，排水量。
比如 1884 年：
蒸汽轮猛虎号，船长罗万，16 英寸。赫尔，也夫勒，
  劲松海峡。
机帆船远洋号，船长安德生，8 英寸。沙子湾，赫尔
  南山德，劲松海峡。
蒸汽轮圣彼得堡，船长林本堡，11 英寸。斯特丁，里堡，
  沙子港。

他把它们领出波罗的海，穿越岛屿和海水的奇异迷宫。
他们在船上相遇，被同一条船运载几小时或几昼夜，
他们彼此熟悉到什么程度？
用写错的英语交流，理解与误解，但很少有欺骗。
他们彼此熟悉到什么程度？
有雾的天气：半速，航道模糊。海角从隐形世界一个
  箭步跨出，近在咫尺。
汽笛每隔一分钟呜呜嘶鸣，眼睛盯着看不见的世界。
（他大脑是否装着整个迷宫？）

时间嘀嗒流逝。
暗礁和小岛在他心里似倒背如流的圣诗。
"我们就在此地"的感觉
被稳稳揣着,就像有人滴水不溅地揣着一只盛满的
　陶罐。

目光投入机舱。
长寿似人心的组合机
用柔和的弹跳在工作,钢铁杂技演员,香味仿佛从厨
　房里飘来。

第二部分

风在松林里疾走，呼啸，时轻时重。

波罗的海也在岛上呼啸，在森林深处就如同置身宽阔的大海。

老女人恨树间瑟瑟的响声。她的脸在起风时阴郁起来。

"我们应该替船上的人着想！"

但她从呼啸声里还听见了其他东西，就像我，我们是亲戚。

（我们一同走着。她已去世三十年。）

风呼啸着是与非，误解与理解。

风呼啸着三个健康、一个在疗养院疗养和两个死去的孩子。

强大的对流风把生命吹入某些火焰，同时也吹灭另一些火焰。

先决条件。

风在呼啸：救救我，主，水闯入了我的生命。

我长时间走着，聆听，抵达所有边界都敞开的地方

或相反

一切都变成界限的区域。一片陷入黑暗的开阔地。

人从周围灯光幽暗的建筑中涌出。喧嚣。

又一阵风，开阔地重新变得荒寂起来。

又一阵风，它咆哮着述说着其他海岸。

述说战争。
述说公民遭受监控的地方。
那里，明哲保身建构着思想，
那里，朋友之间的交谈确确实实成了友谊的考验。
和不熟的人在一起，谨慎。坦诚有度
目光盯着谈话边上那个漂浮的东西：一个黑暗物，一个黑暗污点。
某个会毁灭一切的东西。给我盯住它！
它可以比作什么？水雷？
不，这过于具体，几乎过于平淡无奇——因为我们这边关于水雷的故事
都以欢乐告终，惊险的时光有限。
比如航标船记录的这段历史："1915年秋，人们夜不能寐……"等等。
一只水雷向航标船偷偷摸去时被人发现。
它沉下，浮起，时而躲在浪后，时而像一个间谍出现在人群当中。
船员惊恐地趴着，用步枪扫射。但根本没用。最后人们放出一只船，
用一根长长的绳索将水雷系住，小心翼翼，花了很长时间才把它拖到专家那里。
之后，人们把水雷外壳和加勒比海一只巨型海螺当装饰品放在了沙土植物中间。

海风在远处干燥的松林里行走，它匆匆越过墓园的沙地，

穿过倾斜的墓碑,领航员的名字。
这干燥的呼啸
来自敞开的大门,来自关闭的大门。

第三部分

在哥得兰岛教堂昏暗的角落,在一层温和的霉菌里
站着一只砂岩洗礼盆——十二世纪——石匠的名字
还在,如万人坑里
一排闪光的牙齿:
    HEGWALDR
       名字还在。他的雕塑
留在这里,留在其他罐子上:走出石头的人群,形象。
善恶之核在眼中爆炸。
希律王坐在桌前:被煮过的公鸡飞起,喊叫:"基督
 诞生了!"——厨师被处死——
男孩在一旁降生,被一堆小猴脸大小不知所措的面孔
 围住。
虔诚者遁逃的脚步
在布满鱼鳞的下水管道的出口回响。
(记忆中的画面要比直接看到的清晰。
最清晰是洗礼盆在记忆里轰隆转动的时候。)
没有避风港。到处是危险。
过去是,现在也是。
只有洗礼盆,无人看见的水才有安宁
罐子外杀声震天。
宁静会点点滴滴地到来,也许在夜晚
当我们一无所知

或者当你躺在病房输液的时候。

人,野兽,花纹。
没有风景,花纹。

B先生,罗本岛放出来的
流亡者,我可爱的旅行伙伴说:
"我羡慕你。我对自然毫无感觉。
而风景中的人,对我才产生意义。"

这里是风景中的人。
一张1865年的照片,汽轮停在海峡渡口。
五个人。一个穿浅色裙撑的女士,像铃铛,像花朵。
男人们像民间戏里的群众演员。
个个英俊,犹豫,在被抹去的路上。
他们在瞬间登陆。他们被抹去。
一条绝种的老式汽轮——
一根长长的烟囱,遮阳罩,狭窄的船身——
完全陌生,一架着陆的飞碟。
照片上其他东西却真实得令人惊讶:
水上的波纹
另一个岸——
我的手能摸弄那粗糙的礁石
我能听见松林的呼啸
如此地近。这是
今天

波浪新鲜无比。

此刻,百年后。波浪从荒无人烟的地方到来,
拍打礁石。
我在岸上行走。这与过去在岸上行走迥然不同。
你必须老张着嘴,同时与很多人说话,你的墙很薄。
每件东西在已有影子的背后又添加了新的影子。
你在黑暗里也能听到它们拖曳的脚步。

黑夜

战略性天文馆正在旋转。望远镜盯视着黑暗。
夜空充满了数字,它们被存入一只闪光的
柜子。一种家具
那里有一种半小时就能把索马里所有农田吃空的
  蚂蚱的能量。

我不知道我们在世界的初始,还是在世界的尾端。
无法总结。总结是不可能做的。
总结是曼德拉草——
(请查阅迷信百科全书:

曼德拉草

　　　　　　　　　一种神奇植物,
从土里拔出,它会发出一声刺耳的怪叫
人当场死去。狗可以……)

第四部分

避风处。
特写。

海藻。海藻森林在清澈的水中闪烁,它们很年轻。我想移居那里,笔直躺在自己倒影上。沉到某个深度——海藻用气泡托着自己,就像我们用理念抬举着自身。

角杜父鱼。一种是蛤蟆的鱼。它曾经想变成蝴蝶,但成功了三分之一,躲藏在海草中,却被渔网拖了上来,平庸的刺和肉赘纠缠着网——你从网上解下它们,手会沾满黏液。

岩石。虫子在暖如阳光的地衣上疾速爬行,它们像秒针般着急——云杉投下影子,像时针一样慢慢走着——时间在我的体内静立,它拥有无穷的时间,拥有忘掉所有语言,发明"生生不息"所需要的时间。

避风处可以听见草的生长:来自地底轻弱的鼓声,几百万支煤气小火嘶嘶轰响,听草的生长就是这样。

此刻:宽阔的水面,没有大门,越向外行驶

敞开的边界
就变得越加宽广。

有时,波罗的海是一座平静无垠的屋顶。
那么,就天真地梦想某个东西会从屋顶上悄悄爬来,
　试图解开旗绳
试图升起
那旗——

那面风吹烟熏,日晒雨淋,可变成我们所有人的发白
　的旗帜。

但离利耶帕亚很远!

第五部分

七月三十日,海湾偏离了常规——海蜇多年来第一次在这里聚集,它们扑扇着浮出水面,平静,温和,它们属于同一家造船公司:"水母"。它们如海葬后的花朵漂浮着,把它们捞出水面,它们立刻失去原有的形状,就像一个无法描述的真理被捞出沉寂,变成一团僵硬的黏块。是的,它们无法翻译,它们必须待在自己的元素里。

八月二日。某个东西想得以表达,但词不答应。
某个东西无法表达。
失语症。
没有词,但也许有风格……

有时你在夜间醒来
向邻近的纸页,报纸一角
迅速扔下一些词
(词因意义而发光!)
但早晨:同样的词空洞无物,涂鸦,错说。
也许那伟大的夜的风格的片语已仙然飞逝?

音乐向一个人走去。他是作曲家,被演奏,立业,成为音乐学院的院长。

但好景不长,他受到政府的审判。
他的学生 K 被列为首席检察官。
他受到威胁,降级,靠边。
几年后惩罚被减轻,他重返岗位。
这时他得了脑溢血:半身不遂,失语,只理解几句简
　单的话,说一些错字,
从而摆脱了荣誉和审判。
但音乐仍在,他继续用自己的风格创作,
他活着那段时光,变成了医学奇迹。

他给自己看不懂的歌词谱曲——
用同样的方法
我们在假大空的合唱团里
表达着个人经历。

关于死亡的讲座办了好几个学期,我和我不认识的人
　参加了讲座
(他们是谁?)
——他们最后一个个离去,背影。

我望着天空,望着大地,望着远方,
然后用一台没有色带,只有地平线条的打字机
给死者写了封长长的信。
字在徒劳地敲打,但什么也没有留下。

我站着,将手放在门把上,给屋子切脉。

墙充满了生命。

（孩子们不敢睡在楼上自己的房间里——我觉得平安
　　的东西让他们不安。）

八月三日。外面潮湿的草地上
来自中世纪的问候拖着脚步在走：一只蜗牛。
这只被爱吃蜗牛的僧侣们养殖的高雅的黄灰色蜗牛
背着一栋倾斜的屋子——方济各会士在这里，
采集石块，烧制石灰，岛屿变成了他们的，在1288年，
　　马格努斯国王的馈赠。
"黎民百姓／当汇聚于天国"
森林倒地，炉火焚烧，石灰进入修道院的建筑……
　　　　　　蜗牛修女
静静站在草中，两根触须抽回去，
伸出来，忐忑，犹豫……
它多像寻觅中的我！

细心吹拂一天的风
　——最远岛上的草也已被数到——
在岛上静静躺下。火柴的火苗直直地竖着。
海和森林的画面同时变暗。
甚至连五层楼高的绿荫也黑成一片。
"每个夏天都是最后一个。"
但对于蟋蟀疯狂踩踏缝纫机的暮夏午夜的生命
这只是句空话。
波罗的海很近

一只孤独的水龙头从野玫瑰里站起，
像一尊青铜骑士。海水带着铁味。

第六部分

在外婆的历史被忘掉之前:她的父母早逝,
父亲先死。当寡妇感到病魔也将剥夺她的生命的时候
便带着女儿走家串户,从一个岛漂泊到
另一个岛:"谁能收养玛丽亚?!"
海湾对岸一家陌生人家收留了她们。他们有钱。
但有钱并非就是好人。伪善的面具撕裂。
玛丽亚的童年过早地夭折。她在无边的寒冷中
当没有报酬的女佣。许多年。水路上的
不停晕船,桌前高雅的恐怖,表情,嘴里咯吱作响的
狗鱼皮:感恩!感恩!

         她离开时没有回头。
但正是这样她看到了"新生"
并抓住了它。
冲出牢笼!

我记得她。我紧紧依偎着她。
去世的一瞬(超度的一瞬?)她传出一个思想,
而我——一个五岁的孩子——在钟声敲响前的半小时
已知道发生了什么。
我记得她。但另一张发黄的照片上
却是个陌生者——
按衣服判断,此照摄于上世纪中叶。
一个三十岁左右的男人:浓粗的眉毛,

脸对着我眼睛
低语:"我在这里呢。"
但谁是"我"?
没人记得。没人。

肺结核?隔绝?

有一次他在湖背后那片蒸发绿草的石坡上住脚,
感到眼睛被绷带蒙住。

这里,稠密的灌木林后——是岛上最老的房子吗?
　——一间
二百年古老原木搭成的低矮船库。
现代铜锁锁住里面的一切,
像套在一条拒绝站起的老公牛鼻上的铁环闪烁。
如此多抽缩的木头。屋顶上古老的瓦片横七竖八地躺着
(原有的图案已被地球穿越岁月的旋转销毁)。
它使我想起什么……我在那里……等等:那是布拉
　格旧犹太人墓园。
这里,人比活着时更为亲近。石头,亲近亲近。
如此多被圈起的爱!那些地衣用陌生语言涂鸦的瓦片
是岛民贫困墓地上的石头,站着和倒下的石头——
棚屋
因那些把命运交给某一股波浪、某一阵风雨而漂泊到
　此地的人
闪烁不息。

真理的障碍（1978）

第一部分

公 民

出事后的夜晚我梦见一个满脸麻子的人
在巷子里边走边唱。
丹东!
不是另一个——罗伯斯庇尔不会这样散步。
罗伯斯庇尔每天早晨用一小时盥洗。
他把剩下的时间献给了人民
在标语的天堂里,在道德的机器里。
丹东——
或戴他面具的人——
踩着高跷在走。
我仰视他的脸:
它就像伤痕累累的月亮
一半在光亮中,一半在哀伤里
我想说什么。
一个重量紧压着胸口,钟锤
让钟表走动,
令指针旋转:元年,二年
老虎笼木屑刺鼻的气息。
而且——好像总在梦里——没有阳光。
但墙在闪烁,
小巷弯曲着伸向
等候室,那弯曲的屋子
等候室,我们所有的人在那里……

交界处

冰风吹眼,星星在泪珠的
万花筒里跳舞,我
穿越跟着我的大街,大街
格陵兰岛的夏天在它水洼里闪烁。

我周围簇拥着大街那
无事可忆,无物所求的力量
车子底下,大地深处
未出生的森林已静等了千年

我忽然想到大街在看我
它浑浊的目光让太阳变成
黑色宇宙的一团灰线
但此刻我在闪耀!街在看我。

林间空地

森林里有一块人在迷路时才能找到的空地。

空地被自我窒息的森林裹着。黑色树干披着地衣灰色的胡茬。紧缠在一起的树木一直干枯到树梢，只有几根绿枝在那里抚弄阳光。地上：影子哺乳着影子，沼泽在生长。

但开阔地里的草苍翠欲滴，生机勃勃。这里有许多像故意安放的大石头。它们一定是地基,也许我搞错了。谁在这里生活过？没人能回答。他们的名字存在一个无人翻阅的档案里（只有档案青春不死）。口述的传统已经消亡，记忆跟着死去。吉普赛人能记，能写的会忘。记录，遗忘。

农舍响着话音。这是世界中心。但住户已死或正在搬迁，事件表终止了延续。它荒废了多年。农舍变成了一座狮身人面。最后除了基石，一切荡然无存。

从某种意义上说我来过这里，但现在必须离开。我潜入灌木林。我只有像象棋里的马纵横跳跃才能向前推进。不一会林子稀疏并亮堂起来。脚步放宽起来。一条小路悄悄向我走来。我回到了大路上。

哼唱的电线杆子上坐着一只晒太阳的甲虫。翅膀收在发亮的盾牌后，精巧，像一个专家收起的降落伞。

暮秋之夜的小说开头

渡轮散发着油味,某个东西像脑袋里顽固的思想不停嘎嘎嘎作响。聚光灯打开。我们向码头靠拢。只有我在这里下船。"要跳板吗?"不要。我跟跄地一步跳入黑夜,站立在码头上,岛上。我感到全身潮湿,笨拙,一只刚爬出茧的蝴蝶,手上塑料袋像一对垂挂的变形翅膀。我转身,看见船带着亮灯的窗子滑走,然后摸索着回到空等已久的房屋。周围的房屋全都空着……睡在这里很舒服。我仰卧着,不知道是醒着还是睡着。几本我读过的书像老式的帆船经过,向百慕大三角区开去,为了销声匿迹……空中传来空荒的声音,一只走神的鼓。一件风一再敲打但大地使之平静的东西。假如夜不仅仅是光的缺失,假如夜确实**是**某样东西。那么夜就是这声音。听诊器里心脏缓慢跳动的声音,心脏跳动,平息,然后重复。就像动物迈着Z字脚步穿越**边界**,或从墙内敲击的某人,某个属于另一世界但留在这里的人,敲击,想回来。太晚了!来不及入地,来不及上天,来不及登船……另一世界也就是眼前的世界。明天早晨我将看见棕黄的树叶刷刷抖动。一堆爬行的树根,长着面孔的石头。森林充满了用船尾航行的我所喜欢的怪物。

给马兹和莱拉

子午线静躺在萨摩亚和汤加之间,但午夜线滑行着越过海洋、岛屿和草棚的屋顶。他们在那里,在地球另一头睡觉。韦姆兰此时是中午,一个阳光灿烂的初夏——我已扔掉行李。在天上游了一阵,多蓝的空气……这时我突然看见湖对面的山峦:它们被砍伐一空,像做大脑手术的病人那剃光的脑门。它们一直在那里,但现在我才发现。护目镜,痨症……旅行在继续。风景此时充满了划痕和线条,像旧时的雕刻,细小的人物在蚁穴般的山间移动,村庄也是一道道划痕。每个蚁人都向巨大的雕刻拉着自己的线,没有真正的中心,但一切都活着。另一件事:人形细小但都有自己的面孔,雕刻家愿让他们这样,不,他们不是蚂蚁。这里绝大多数的人都很简单,但他们都会写自己的名字。普洛透斯相反,他是现代人,能用不同风格流利地表达自己,或"开门见山",或"转弯抹角",取决于眼下是什么圈子。但他不会写自己名字。他躲避自己的名字就像狼人躲避子弹。他们,三头六臂的公司和国家,也不要求他这样做……旅行在继续。这栋房里住着一个人,一天晚上他绝望起来,用枪向飞过草坪的挂毯做准点射击。午夜线在靠近,它快跑完了半圈。(千万别说扭转时间!)疲惫将涌入太阳造成的洞穴……我从未经历过的瞬息钻石在世界脸上划出一道不朽的口子。不,那是磨损,抹去明亮陌生微笑的无休止的磨损。但某种东西正重新露面,它被"磨"了出来,越来越像微笑,没人知道它会有什么价值。无法知道。这是每次写作,一个猛抓住我手臂的人。

自一九四七年冬

白天学校那聋哑拥挤的城堡。
傍晚我回到路牌下的家。
无唇的低语走来:"梦游者,醒来!"
所有的一切都指向**空间**。

五层楼,朝庭院的房屋。灯
夜夜都在惊恐的环里燃烧。
我睁眼坐在床头,看见
精神病人思想的符号,符号。

好像应该如此……
好像最后的童年已被捣碎
为了能够穿越栅栏
好像应该如此……

我读玻璃之书,看到的却是别的:
穿过墙纸的污点
那是活着的死人
他们想要自己的肖像!

直到黎明垃圾车开来
与楼底垃圾箱发出砰砰的响声

这后院安静的灰色之钟
把我敲入睡眠。

第二部分

舒伯特模式

一

夜色笼罩下纽约郊外的一个地方，一个一眼能收尽
　　八百万人家的景点。
远处，都市像一条闪光的长长飘带，一条螺旋形边侧
　　银河。
那里咖啡杯飞过吧台，橱窗向行人——不会留下印
　　迹的鞋子乞讨
攀爬的防火梯，慢慢关上的电梯门，装着警锁的门后
　　汹涌起伏的人声。
地铁车厢奔驰的僵尸博物馆曲卷着半睡的躯体
我也知道——无须统计——那里，某间屋子此刻正
　　在弹奏舒伯特，
对于某人，音乐比世上任何的东西都要现实。

二

人脑无垠的天地收缩成拳头大的尺寸。
燕子在四月返回同一社区同一谷仓屋檐下的去年的
　　巢穴。
她从德兰士瓦起飞，越过赤道，六星期跨越两个
　　大陆，直奔隐没在陆地的黑点。
从五根弦普通的和声捕捉一生信号的他，

让河流穿过针眼的他
是一个来自维也纳,被朋友称为"蘑菇"的年轻胖子
他每天早晨准时地在书桌前坐下,
于是,五线谱奇妙的蜈蚣在那里蠕动起来。

三
五根弦在拨弄。我穿过地面富有弹性的温馨的森林
　　回家。
卷曲成胎儿,睡去,轻轻滚入未来,突然觉得植物会
　　思索。

四
我们必须相信很多东西,才不致突然坠入深渊!
相信村子上面紧贴山崖的积雪。
相信无声的许诺,默契的微笑,相信噩耗与我们无关,
　　刀光不会在心野闪现。
相信车轴能在放大三百倍的钢铁蜂群嗡嗡作响的公
　　路上带我们向前。
事实上,这些东西并不值得我们相信。
五根弦说我们可以相信别的。
相信什么?相信别的,它们伴我们朝那里走了一程。
就像楼梯的灯光熄灭,手跟随——用信赖——黑暗
　　中那识途的昏瞎的扶手。

五

我们挤在钢琴前面,用四只手演奏 f 小调,两个车夫坐一个驾座,显得有些滑稽。
手来回搬弄发声的重量,仿佛我们在触摸轻重,
试图打破秤杆可怕的平衡:痛苦与欢乐半斤八两。
安妮说:"这音乐气壮山河!"她说得真好。
但那些用羡慕的目光斜视行动者的人,那些因自己不是凶手而鄙视自己的人,
他们在这里会感到迷惘。
那些倒卖人命、认为什么都可以用钱买到的人,他们在这里会感到迷惘。
这不是他们的音乐。
悠长的旋律在不停变化,时而明亮轻柔,时而粗粝强壮。
蜗牛的足迹与钢丝。
执着的吟咏此刻陪伴着我们
向深处
走去。

第三部分

画　廊

我躺在欧洲三号公路的汽车旅馆里。
这里有一种我以前
在一座亚洲文物博物馆内闻到的气味：

西藏日本的面具挂在明亮的墙上。

但此刻不是面具而是面孔

它们从遗忘的白墙上挤出身子
为了呼吸，为了追问。
我醒着，看着它们拼搏
消失，重来

有的在互借特征，互换面孔
在遗忘和记忆做着交易的
我内心深处。

它们从白墙
遗忘涂过的表层挤出身子
它们消失，归来。

这里有一种不把自己叫作痛苦的痛苦。

欢迎到这些真实的画廊里来!
欢迎到这些真实的厨房里来!
这些真实的栅栏!

一个把人打瘫痪的空手道青年
仍在做一夜暴富之梦。

那个女人买了又买
为了填饱跟在她背后
张着嘴巴的空虚。

X先生不敢离家半步。
一道人心难以估测的黑色栅栏
横在他与不断消失的地平线之间。

她从卡累利阿逃来
她笑容可掬……
她出现了
但喑哑,呆滞,一尊来自苏美尔的雕像。

就像我十岁时夜里回家。
楼道里的灯已经熄灭
但电梯亮着,电梯像
一只从深渊浮起的潜水钟
一层接着一层,幻觉的面孔
紧贴着铁栏……

但此刻不是幻觉而是真实的面孔

我躺成一条交叉的马路。

许多人从白雾中走来。
我们曾擦肩而过,着实地!

一条散发石灰酸的明亮的长廊
轮椅。车祸后
学习说话的十岁女孩。

他试图从水底呼喊
世界冰冷的液体
涌入他的鼻子和嘴。

麦克风里的声音说:速度就是权力!
速度就是权力!
演吧,演出决不能中断!

事业上,我们一步步僵硬地移动
就像日本的能戏
戴着面具,咆哮着歌唱:我,这是我!
一条卷起的毯子
代表那个被击垮的人。

一位艺术家说:以前我是行星

有自己浓密的大气层。
外来的射线在那里碎成彩虹。
雷雨在里面不时地冲撞，冲撞。
如今我已熄灭，枯竭，洞开。
我失去了天真的能量。
我有火的一面，也有冰的一面。

没有彩虹。

我躺在敏感的屋里。
许多人想穿墙而入
但绝大多数都被挡在了外面：

他们被遗忘的白色喧嚣吞没。

匿名的歌声落入墙壁。
无人想听的羞涩的敲门声
长长的哀叹
我那到处爬行无家可归的台词。

听见社会在做机械性的自责
大电扇的声音
像人造风
在六百米深的矿道里轰响。

我们的眼睛在绷带后圆睁。

假如我能让他们知道
脚下的晃动
意味着我们正站在一座吊着的桥上……

我必须经常站着不动。
我是马戏团里飞刀者的搭伴。
我愤懑扔出的问题
重又呼啸着飞回。

没有击中,但死死钉住
我粗糙的轮廓,
在我离去的时候仍留在那里。

我必须经常沉默。自愿地!
因此"最后的话"在一遍又一遍地重复。
因此"你好""再见"……
因此那天就像今天一样……

因此空白处最后
越过自己的边界
淹没文本。

我躺在梦游者的汽车旅馆里。
这里,许多脸已经绝望
另一些脸
在经历遗忘的朝圣后丢失了特征。

它们呼吸消失拼搏着归来
它们的目光越过我。
它们都想触摸公正的圣像。

有过,但很少
我们中的某人确实**看到了**对方:

某人如从照片上突然出现
但比照片清楚
背景处
有个东西比他的影子要大。

他站在一座山前。
山像一只蜗牛的躯壳。
蜗牛的躯壳更像一栋房屋。
不是房屋,但有许多房间。
它模糊,但令人折服。
他从它那里生长,它从他。
这是他的生活,这是他的迷宫。

第四部分

摄氏零度以下

我们参加了一个并不喜欢我们的晚会。晚会最后拉下面具，露出真相：一个调度场。冰冷的巨人站在迷雾笼罩的铁轨上面。粉笔涂完了车厢大门。

这是不能指出的，但这里有许多压抑的暴力。所以细节十分沉重。并且很难看到其他东西也在场：反射光在墙上移动，滑行着穿越无感觉的面孔晃闪的森林，一句从未写下的圣经："到我这里来吧，因为我和你一样自相矛盾。"

明天我将在另一座城市工作，我像一根黑蓝色滚轴呼啸着穿越晨雾飞向目的地。猎户座挂在冻土的上空，一群等待校车的孩子默默站着，一群无人求索的孩子。光像我们的头发在缓慢生长。

船——村庄

一条葡萄牙渔船,蓝,船底的波涛卷起大西洋一角。
远处,一个蓝点,我在那里——船上六人没发现我
　们是七个。

我见过这种船的建造,它躺着,像一把没有弦的琵琶
躺在贫困的山谷:村里人在不停地洗刷,洗刷,忍耐,
　忧伤。

岸被人群弄黑。聚会在解散,高音喇叭被端走
士兵们领着演讲人的奔驰车穿过人群,词在敲打着
　铁皮。

黑色的山

汽车驶入又一个弯道,摆脱山寒冷的影子
面朝太阳,向山顶咆哮着爬去。
我们在车里拥挤。独裁者的半身像
也在报纸里挤着。一只酒瓶从一张嘴传到另一张嘴。
死亡胎记以不同的速度在大家的身上生长。
山顶上,蓝色的大海正追赶着天空。

回 家

电话里的交谈流入黑夜，在乡村和城郊的上空闪烁。
之后我在旅馆的床上反侧。
我像指南针上的指针被心脏狂跳的长跑者带着穿越
　森林。

久旱后

奇异的傍晚夏日变黑。
雨悄悄走下天空
静停在地上
像是为了征服一个睡者。

涟漪在港湾的表层荡漾。
这是唯一的表层——
其他都是高处,深底
上升和下沉。

两棵松树
腾空跃起,继续敲打空荡的信号长鼓。
城市和太阳消失。
雷霆在细长的草中

你可以和蜃楼岛通话
你可以听到灰色的声音
铁矿是雷霆的蜂蜜
你可以和自己的密码共处。

局部森林

去那里的路沙沙响着一对受惊的翅膀,这是一切。你独自走向那里。这是缝隙组成的高楼,一幢总在摇晃但不会倒塌的楼房。千百个太阳从缝隙飞入。被倒置的重量引力主宰着光的游戏:房屋根植在天空里。东西坠落的时候,会朝上飘坠。那里你必须转身。那里你可以哀叹。那里你会正视被包好的陈旧的真理。我深处的角色,它们在那里浮现,像美拉尼西亚某个岛上挂在祭祖台上的干枯的头颅。一个天真的光环笼罩着这些令人毛骨悚然的战利品。森林是多么地温和。

丰沙尔

海边的鱼味馆,简单,一间遇难者搭建的小屋。许多人在门口转身,但海风没有。一个影子站在冒烟的棚里,用亚特兰蒂斯古老的烹制法煎着两条鱼,蒜轻轻地爆裂,油流入西红柿片。每次咀嚼都说海洋愿我们安好无恙,一声来自深处的哼唱。

她和我在静静对视。像登爬野花盛开的山坡,没有丝毫倦意。我们在动物一边,欢迎,不要衰老。但我们一同历经了许许多多的事情,我们铭记在心,还有那些我们分文不值的时光(排队为养尊处优的巨人献血——他命令输血),那些让我们不是结合就是分手的事情,那些我们已忘记的事情——但它们没有忘记我们!它们变成了黑暗和明亮的石头。一幅散失的镶嵌画里的石头。但此刻:碎片飞到了一起,镶嵌画再次诞生。它等待着我们。它在旅馆的墙上发光,一种温柔粗暴的图案,也许是一张脸,解衣时已经顾不得这些。

黄昏时我们走出去。海角把暗蓝色的巨爪扔入海中。我们融入人流,友好地摩擦而过,柔和的制约,大家急切地说着陌生的语言。"人不是孤岛。"我们因**他人**而强大,但也因自己。因他人无法看到的内心的东西。

只会与自己相遇的东西。这最深处的矛盾,车库里的花。释放善良黑暗的通风口。一种空杯里冒泡的饮料。一只播放静谧的高音喇叭。一条脚步过后重新被草覆盖的小径。一本只能在黑暗中阅览的书。

野蛮的广场 (1983)

第一部分

管风琴音乐会上的短暂休息

管风琴停止了演奏,教堂死寂一片,
  但仅仅是几秒钟。
更大的管风琴,轻弱的嘟嘟声
  从外面大街上涌入。

是的,我们被沿着教堂墙壁移动的
  汽车的声音包围。
那里,外部世界带着弱音搏斗的影子
  像透明影片闪过。

我听见脉搏在寂静中跳动,仿佛它
  是这些声音的一员。
我听见循环的血液,藏在我的体内
  我带着行走的瀑布。

和我的血一样亲近,和一个四岁孩子
  的记忆同样遥远
我听见重型卡车开过,让六百年
  古老的墙壁抖颤。

此处与可成为"母亲怀抱"的东西不同
  但此刻我仍是孩子,

听见大人在远处说话,胜者与败者
　　的声音交杂在一起。

蓝色长椅上坐着七八个听众,柱子
　　挺拔,像奇异的树:
没有根(只有一块共同的地板),没有
　　树冠,(只有共同屋顶)

我重温着一个梦。我独自一人站在墓地。
　　四周到处是闪烁的
石楠。我在等谁?一个朋友,他为什么
　　没来?他早已在此。

死亡从底下,地里,把光慢慢开大。
　　紫色,不,没人
见过的色彩越来越亮……直到晨光
　　呼啸着穿透眼帘。

我醒成不可动摇的"可能",它抱着我
　　穿越飘摇的世界。
让世界抽象的一切做法都注定会失败,
　　就如同给风暴画脸。

家里,书架上,站着一米长的全能的
　　百科。我学会了读它。
但每个人都应该书写自己的百科,它们

从每个灵魂里生长,

它从出生一直写到死亡,数十万张纸
    紧贴一起,但之间
仍流动着空气!就如同森林里抖颤的
    绿野。矛盾的经书。

写在那里的东西时刻在更变,画面
    自动修改,词语
跳闪。一阵波浪涌入全文,被下一个
    波浪接替,被下一个……

自一九七九年三月

厌倦所有带来词的人,词,不是语言
我开车来到雪覆盖的岛屿
荒野没有词
空白之页向四方展开!
我碰到雪上麋鹿的蹄迹
是语言,而不是词。

记忆看见我

六月的一个早晨,醒来太早
但回到梦里已为时太晚。

我必须出去,进入记忆满座的
绿荫,记忆用目光跟随我。

它们是无形的,它们和背景
完全融成了一体,善变的蜥蜴。

它们靠得如此近,我听见
它们的呼吸,尽管鸟声震耳欲聋。

冬天的目光

我像一把梯子斜着,
把脸伸进樱桃树的第二层。
我在阳光敲响的色彩的钟里。
我比四只喜鹊更快地消灭了黑红的果子。

一阵寒冷忽然从远处袭来。
美景发黑
化成树上斧头的记号。

一切已为时太晚。被黑暗遮住的我们
开始奔跑。下去,进入古代下水道。
隧道。我们在那里逛游了好几个月。
一半是出差,一半是逃亡。

简短的祷告。一只盖子在头上打开
一束幽光洒落
我们抬头仰望:一抹穿过阴沟盖子的星空

车　站

火车进了站台。一节节车厢停立在这里
但车门没有打开,没人下车,也没人上车。
到底有没有车门?车厢里,被关着的人群
拥挤着不停地在狭窄的过道里来回走动。
他们从坚不可破的窗子后面往外张望。
外面,一个拎锤子的人慢慢沿车厢走动。
他敲击轮子,轮子发出微弱的响声。但就在这里!
这里响起一片不可思议的声音:一阵雷霆,
一阵大教堂的钟声,一片周游世界的帆船声
将整列火车和地上潮湿的石块托起。
一切都在歌唱。你们会记住这些。继续旅行吧!

第二部分

对一封信的回答

在书桌底层抽屉我找到一封二十六年前收到的信。一封慌张的信,它第二次到来时仍在喘气。

屋子有五扇窗:明亮安静的白天在四扇窗上闪烁。第五扇对着黑色天空、雷电和风暴。我站在第五扇窗前。信。

有时,深渊在星期二和星期三之间扩展,但二十六年会转瞬即逝。时间不是直线,而是迷宫,如果你在适当的位置贴着墙,你会听到匆匆的脚步和话音,听到自己从墙另一头走过。

这封信回答了吗?我记不得了,这确实是很久以前的事了。大海的无数门槛继续漂游。心脏一秒一秒地继续奔跳,如八月夜晚潮湿草丛里的蟾蜍。

那些未回复的信高聚一起,像预示坏天气的卷层云。它们遮暗了阳光。有一天我将回答。那时我已死去,终于能集中思绪。或者至少远离这里,这样我能重新发现自己。那时,我刚抵达那座大都市,踏上 125 大街,一条风中垃圾飞舞的大街。我,一个喜欢在人群中闲逛,消失,一个隐入文本海洋的字母 T。

冰岛飓风

不是地震,是天震,被绑的透纳也许能画出它。一只孤零零的手套刚飞旋而过,离它的手好几公里。我将在逆风中走向田野对面的房屋。我在风中飘荡。我照了透视,骨骼递交了辞职申请。恐惧在我前进时增长,我在下沉,我在下沉,沉到干燥的陆地。多么沉重,我突然拖起的一切,多么沉重,对一只拖着货船的蝴蝶!终于到了。最后与门搏斗。现在到了里面,现在到了里面。在巨大的玻璃窗背后。玻璃难道不是一种奇怪而又伟大的发明——你贴近它却不会遭受……外面一群透明的巨人田径运动有在岩浆的平原上奔跑。但我不再飘荡。我坐在玻璃背后,安静,我自己的肖像。

银莲花

走火入魔——没有比之更容易的事了。这是大地和春天最古老的圈套：银莲花。它们有些出人意料。它们在目光一般忽略的地方从去年褐色的落叶里探出身子。它们在燃烧，飘荡，是的，飘荡，这取决于色彩。这亢奋的紫色眼下毫无重量。这里醉意融融，但屋顶很低。"功名"——与之无关！"权力"，"发表"——滑稽可笑！它们甚至在尼尼微安排了一场声势浩大的欢迎仪式。屋顶很高——水晶吊灯像玻璃兀鹰挂在所有的脑门上。为取代这一堂皇、喧闹的死胡同，银莲花开辟了一条通往真正盛宴的，死寂的暗道。

蓝房子

这是一个阳光明丽的夜晚。我站在稠密的森林,打量远处那间烟蓝色墙壁的房屋。仿佛我刚死去,用新的角度看它。

房子已站立了八十多个夏天。它的木头经过四分欢乐和三分痛苦的防水处理。住在里面的人一死,房子便漆刷一次。死去的人自己漆,不用刷子,从里面。

另一边是开阔的坡地。过去是花园,现在已荒芜。静立的杂草波浪,杂草宝塔,汹涌澎湃的文章,杂草《奥义书》,杂草海盗船队,龙头,长毛,一个杂草帝国!

荒芜的花园上空,一支飞去来的阴影在不停飞舞。这与很久以前住在这房里的一个人有关。几乎是个孩子。一股冲动,一个思想,一个意念从他那里激发:"创造……画画……以便摆脱自己的命运。"

房子像一幅儿童画。由于某人过早推托了做孩子的任务,一种起替代作用的幼稚出现了。把门打开,进来!屋子里面,天花板焦灼,墙壁镇定。床上挂着一幅业余画家画的一艘十七张帆的帆船,镀金的框子无法阻挡咆哮的海浪和风。

这里总是清晨,在岔路前,在绝对的选择前。谢谢这次生命!但我仍旧思念选择。所有蓝图都想变成现实。

一艘汽艇在远处拓宽夏夜的地平线。欢乐与痛苦在露珠的放大镜里膨胀。我们其实并不知道这一点,只是感到:我们的生活有一条姐妹船,在一条截然不同的航道上行驶。当太阳在群岛的背后燃烧。

第三部分

人造卫星的眼睛

地面粗糙,没有镜子。
只有最粗糙的精灵
能照见自己:月亮
和冰川时期。

请在龙舞里靠拢!
沉重的云,纵横的街巷。
一阵呼啸的灵魂雨。
一座座兵营。

一九八〇年

他的目光在打开的报纸上奔跳着移动。
内心冰冷的感情被当作了思想。
只有深度催眠才能让他变成另一个我——
他那隐身妹妹,一个与万人游行
呼喊"绞死国王!"的女人——虽然国王已死。
一顶虔诚,充满仇恨,游行的黑帐篷。
圣战!两个不会相见的人在照料世界。

黑色明信片

一
台历已经写满,未来难测。
电缆哼着没有祖国的民歌。
雪落在铅静的海上。阴影
　　　　　在码头上格斗。

二
生活中,死亡有时会上门
丈量人体。拜访被遗忘
生活依旧在喧嚣。而寿衣
　　　　　在无声中制成。

火的涂写

阴郁的日子与你做爱,我的生命就喷溅火花。
如同萤火虫点燃,熄灭,点燃,熄灭。
——你只能隐隐追上
它黑夜里穿越橄榄树的行迹。

阴郁的日子灵魂蜷缩一团,苍白无力。
但身体向你径直走去。
夜空哞哞叫喊。
我们偷挤着宇宙的奶而活着。

许多脚步

圣像被埋在地里,脸朝上。
大地被鞋踩踏
被车轮和脚步,被
千万个怀疑者沉重的脚步。

梦中我走入地下一个闪光的水塘,
一次汹涌的礼拜!
多么强烈的渴望!多么愚蠢的期待!
我的头上是数百万怀疑者践踏的脚步。

尾 声

我像一只抓钩在世界的底部拖滑
抓住的，都不是我要的。
疲惫的愤怒，灼烧的妥协。
刽子手抓起石头，上帝在沙上书写。

静谧的房间。
家具在月光中展翅欲飞。
穿过一座手无寸铁的森林
我慢慢走入我自己。

第四部分

梦的讲座

地球上四十亿人。
人人都在沉睡,个个都在做梦。
每一个梦里都挤满了身体和脸——
梦中的人比我们要多
但他们不占据位置……
有时,你在看戏的时候会睡去。
在戏演到一半时耷下眼皮。
瞬息的双重曝光:你前面
的舞台被一个梦吞没。
舞台随即消失。它变成你。
哦,这最诚实的戏剧!
这费尽心机的
戏剧导演的秘密!
那些无休止的角色研究……
一间卧室。这是夜。
天空飞舞着穿过卧室。
熟睡者扔下的书
仍翻开着,带着枪伤躺在床边。
睡者的眼睛在动。
它们在追踪另一本书里
一个被照亮
没有文字的古老文本——

一本印在眼皮城堡墙上
惊心动魄的喜剧
唯一的版本。只有现在才有!
明天将被全部抹去。
这神秘的巨大浪费!
销毁……就像拍照的游客
被几个穿制服的人拦住——
他们打开他的相机,取出胶卷
让太阳绞杀底片:
梦就这样被天光弄黑。
销毁? 或者,仅只是隐匿?
有一种持续不断的
视线外的梦。为眼睛存在的光。
一个爬行思想可以学走路的区域。
脸和身体再次分组。
我们在大街上走动
挤在烈日下的人群中。
而我们没有看见的
同样多抑或更多的脸
在街两旁的黑暗建筑物里晃闪
有时,他们中的一个
会走向窗口,向我们投来目光。

手　迹

是注脚而不是标题人物。我置身那道长长的走廊。
假如我右手不是像电筒那样照着
走廊将会漆黑一片。
光落在写在墙上的那些字上
我打量它们
如潜水员打量流淌的深处闪烁的沉船名字：
ADAM ILEBORGH，1448。谁?
他让管风琴展开笨拙的翅膀，上升——
飘了约一分钟。
多么成功的实验!
墙上写着：MAYONE[1]，DAUTHENDEY[2]，KAMINSKI[3]……
光落在一个又一个名字上面。
墙已被涂满。
这是消失殆尽的艺术家的名字，
注脚处人物，那些不再被演奏，被遗忘，不朽的无名之辈。
刹那间他们似乎同时在嘀咕自己的名字——
嘀咕推着嘀咕，推成波浪，推着走廊向前
但并不把人撞倒。
此外，它不再是一条走廊。

1　Ascanio Mayone，十六至十七世纪音乐家。
2　Max Dauthendey，德国作家，钢琴家，死于 1918 年。
3　Heinrich Kaminski，二十世纪德国作曲家。

既非墓地也非集市，而是两者兼而有之。
这甚至是间暖房。
这里有充足的氧分。
注脚处的死者能大口呼吸，像以前那样从属循环系统。
但他们省去了许多！
他们不用吞咽权力道德，
他们不用玩耍腐败这唯一不朽的黑白格里的游戏。
他们在疗养。
这些无法得到的人
他们依然在付出。
他们展开一小块辉煌而阴郁的挂毯
然后松手。
有的默默无闻，他们是我的朋友
但我并不认识他们。
他们像刻在旧教堂墓碑上的石像。
那些我们触摸过的温和或严厉的浮雕，地板上
消匿的形象和名字。
而那些真正想让自己从名单上划去的人……
他们并不待在注脚的区域
他们走入在遗忘和安宁处终结的下滑的事业。
彻底遗忘。这是一种
在寂静中完成的考试：越过界线，没人发现……

卡丽隆[1]

客栈女老板鄙视自己的客人因为他们想住她蹩脚的
　　酒店。
我的房间在二层拐弯处：一张硬床，天花板上吊着一
　　只灯泡。
奇怪，沉重的窗帘上，三十万只隐形螨虫在浩浩荡荡
　　地行军。

步行街从窗外走过
带着缓慢的游人，敏捷的学生，一个推着旧自行车穿
　　工装的男人。
那些自以为让能转动地球和那些相信在地球魔爪里跟
　　着打转的人。
一条我们大家行走的大街。其尽头在哪里？

房间唯一的窗户面朝另一个东西：野蛮广场。
一块发酵的地面，一个巨大的颤抖的表层，有时人群
　　拥挤，有时空无一人。

我内心的一切在那里物化，所有恐惧，所有期待。
所有最后还是发生的不可思议的事情。

---
[1] 卡丽隆（法语，carillon），教堂的乐钟。

我的岸很低，死亡上涨二公分，我就会被淹掉。

我是马克西米连[1]。时值 1488 年，我被囚禁在布鲁日。
因为我的敌人束手无策——
他们是邪恶的理想主义者。
我无法描述他们在恐怖后院所干的勾当，无法把血化
　　成墨。

我也是那个穿工装在大街上推着自行车行走的男人。

我也是那个被注视的人，一个走走停停，停停走走
让目光在画布松弛，脸被月光烤白的旧画上转悠的游客。

没人规定我必须去哪里，至少我自己，但每一步都必
　　然所至。
在石化的战争中游逛，那里个个都坚不可摧，因为个
　　个都已死去！

积满尘垢的落叶，带开口的城墙，石化泪珠在脚下作
　　响的花园小径……
突然，像踩到了报警线，钟在匿名的塔楼里震响。
卡丽隆！布袋缝口崩裂，钟声在佛兰德斯上空回荡。
卡丽隆！钟的咕哝的铁，圣歌，捶击，一切的一，空
　　中战栗的书写。

1　马克西米连一世（Maximilian I，1458—1519），神圣罗马帝国皇帝。

手抖颤的医生开了个药方,无人读懂,但字体清晰
　　可辨……

钟声飞过屋顶和广场,绿草和绿苗
捶击活人和死人。
难以区分基督与反基督!
钟声最后送我们回家。

他们已安静。

我回到酒店:床,灯,窗帘。我听见奇怪的响声,地
　　下室拖着身子在上楼

我张开双臂躺在床上。
我是一只紧抓住水底,将头上飘浮的巨影拴住的铁锚
那个比我重要,我从属的庞大匿名物。

步行街从窗外面走过,街,那里我的脚步在消逝
消逝的还有这些写下的文字,我给沉寂的序言,我那
　　反转的圣诗。

莫洛凯 [1]

我们站在悬崖上,麻风病人的住处在我们脚下闪烁。
我们能下去,但黑暗到来前无法返回。
所以我们转身,穿越森林,走在长长的蓝色针叶中间。
这里很静。这是鹰到来之前的宁寂。
这是一座宽恕一切,但会铭记一切的森林。
达米安用爱选择了生活与遗忘。他获得了死和赞美。
而我们则从错误的角度看着这些事件:把岩石当成了
　斯芬克斯的脸。

---

1 莫洛凯(Molokai),夏威夷群岛的一个岛屿。此地因多有麻风病人而出名。达米安(Damien)一百多年前曾在此工作,献身。

为生者和死者 (1989)

被遗忘的船长

我们有许多影子。我走在九月之夜的
回家路上,Y
从躺了四十年的墓地爬出
与我结伴而行。

起初他空虚如风,只是个名字
但他的思想
比时间跑得快
并很快追上了我们。

我把他的眼睛戴在我的眼上
看到战争海洋。
他最后驾驶的船
在我们脚底浮出。

护航船在大西洋的波涛上列队爬行
有的将幸存下来
有的被打上**记号**
(看不见的记号)。

失眠的白天与夜晚在相互交替
但与他无关——

把救生服穿在雨衣下
他没有回家。

内心的恸哭让他的血在加的夫的一家
医院里流尽
他终于安躺
变成了地平线。

再见,时速十一迈的船队!再见 1940!
世界史在此结束。
轰炸机悬在空中。
石楠在荒野开花。

一张世纪初的照片亮出一道海岸。
六个穿盛装的男孩站在那里。
他们怀端帆船
多么严肃的表情!

船对他们某些人变成了生存和死去。
而描述死者
也只是游戏,因未来
而变得沉重。

六个冬天

1

漆黑的旅馆里,一个孩子睡着。
外面:冬夜。
睁大眼睛的骰子在滚。

2

一群死去的精英
在卡特丽娜墓园里石化。
风晃着身上斯瓦尔巴的盔甲。

3

一个战争冬天。我病卧在床。
窗口长出巨型冰挂,
邻居与鱼叉。无法解释的记忆。

4

冰从屋檐的边上垂落。
冰挂:倒置的哥特式建筑。
抽象的家畜,玻璃乳房。

5
边侧的铁轨:一节无人的车厢。
寂静。盾徽一般。
爪子紧紧地抓住旅行。

6
今晚有雪雾。月光。月光的水母
在跟前飘浮。我们的笑
走在回家路上。痴迷的林荫路。

巴特隆达的夜莺

夜莺北边的绿色午夜。沉重的叶子痴醉地挂着。耳聋的汽车朝着霓虹飞奔。但夜莺的歌声并没有躲闪,它与雄鸡的啼鸣有着同样的穿透力,美而不造。我在监狱里,它来看我。我生病,它来看我。当时我没注意,但现在……时间从太阳和月亮那里奔流而下,涌入所有嘀嗒嘀嗒嘀嗒作响的钟表。但这里没有时间。只有夜莺的歌唱,那粗粝悠扬的声音在磨着夜空明亮的镰刀。

四行体

一座五月森林。我一生在此作怪:
  无形的迁移。鸟鸣。
    静谧水坑里的蚊卵
      那疯舞狂蹈的问号。

我逃向同一个地方,同样的词语。
  阳光,冰冷的海风。
    冰龙舔着我的颈背。
      迁移的火焰清凉。

摇篮曲

我,一具木乃伊,静静躺在森林的蓝色棺材里,
躺在喧闹不止的马达、橡胶和柏油里。

白天发生的事在坠沉,教训比生活沉重。

手推车靠单轮滚动,我靠旋转的心性漫游。
但此刻思想停止了打转,手推车获得了翅膀。

在天空变黑很久之后,有一架飞机将会出现。
机上的乘客会看到下面的城市如哥特人的黄金闪烁。

上海的街

1
公园这只白色蝴蝶被许多人读过。
我爱这只白色粉蝶,仿佛它是真理飞飘的一角!

黎明时人群奔醒我们沉睡的地球。
公园到处是人。人人都长着一张八面玲珑的脸,以应付各种场面,以避免过失。
人人都长着一张"不可泄露"的无形的脸,
某种蝰蛇酒一样腥涩,余味绵长只要人一累就出现的东西!

鲤鱼在池中游动,它们边游边睡。
它们是信仰者的榜样:运动不息。

2
这是正午。晾着的衣服
在鱼贯而至的自行车上空随灰色海风飘舞。请注意两侧迷宫!
我被无法读懂的文字包围,我是一个地地道道的文盲。
但我付了我应该付的,每件东西都有发票。
我攒集了这么多不可辨识的发票。

我是一棵老树,挂满了不会飘落的叶子。

一阵海风让所有的这些发票发出沙沙的响声

3
黎明时人群踩醒我们沉睡的地球
我们都在街上,像挤在一条渡船的甲板上
我们要去哪里?茶杯够吗?我们应该因踏上这条马路
　　而感到幸福!
这是在幽闭症还没出世的一千年前。

走在这里的人背后都有一副十字架,它飞着追赶我们,
　　超越我们,与我们结合。
某个东西从背后蹑手蹑脚跟着,蒙住我们眼睛,低声
　　说:"猜猜,我是谁!"

我们在阳光下显得十分幸福,而血,正从我们不知道
　　的伤口拼命涌出。

欧洲深处

我,两闸之间飘浮的黑色船体
在城市醒来的时候停泊在酒店的床上。
无声的警笛与灰色光芒涌入
将我慢慢抬到另一个高度:早晨。

被窃听的地平线。他们想说什么,死者。
他们抽烟但不再吃饭;呼吸但无声息。
我将像他们中的一个穿过大街。
发黑的大教堂,重如摆弄潮水的月亮。

传　单

哑默的疯狂在朝墙内涂写。
果树开花。杜鹃啼叫。
这是春天的麻醉。但哑默的疯狂
在车库倒写着自己的口号。

我们视而不见，僵硬就像
胆怯的水手手中的潜望镜。
这是分秒之战。滚热的太阳
站在痛苦寄存处医院的上空。

我们，被钉入社会的肉钉！
有一天我们会摆脱一切，
我们将闻到翼下的死亡之气
并变得比现在更加温顺，野蛮。

室内辽阔无垠

1827年春。贝多芬
升起死亡的面具出航。

欧洲风车在转
大雁向北飞行。

这里是北方,这里是斯德哥尔摩,
游动的宫殿和木屋。

皇家壁炉的火
从立正坍塌成稍息。

这里有和平,土豆和疫苗
但城内井在喘息。

备有马桶的轿子
被抬过月夜的北桥。

女士,绅士,流浪汉
面包石让他们颠晃。

摩尔人抽烟的广告

岿然不动地站着。

如此多的岛屿,如此多
逆流而上的隐形的桨!

航道打开,四月五月
流淌蜂蜜的温馨的六月。

暑气向外岛涌去。
窗打开。但有一扇例外。

蛇钟的指针舔舐着静。
礁石闪耀地质的耐心。

事情如此,或几乎如此。
这是一个模糊的家史。

它记载着遭毁于妖魔
被子弹射中灵魂的爱里克。

他驾船进城,碰上个敌人
垂头丧气地返回。

整个夏天他都在床上躺着。
墙上的工具为他哀叹。

他醒着,听见月光伙伴
灯蛾在扑扇翅膀。

他心衰力竭,白白地靠着
浑身是铁的明天。

深处的上帝从深处呼唤:
"释放我!释放你自己!"

所有举措都转成内省。
他被拆开,他被组合。

风吹起,盛开的玫瑰
紧抓遁逝的光芒。

未来洞开,他看见
那只自动摇晃的万花筒。

看见没出生的亲戚的脸
在那里模糊地晃闪。

他的目光歪打正着,
撞上正在华盛顿游逛的我。

雄伟的建筑,那里
只有一半的柱子在支撑着它。

一座让穷人梦变成
灰烬的火葬场风格的白宫

松软的山坡开始塌陷
并悄悄坠落成深渊。

维米尔[1]

没有安全的世界……就在墙的另一边:警报拉响
酒店的笑声
哭叫,牙齿眼泪钟声
精神失常的小舅子,那让众人不寒而栗的灾星。

巨大的爆炸,迟到的救援脚步
港口趾高气扬的船只,钻错口袋的钞票
压在要求上的要求
预感战争爆发而目瞪口呆浑身冒汗的红色花朵。

那里,它们横穿房墙,进入那间明亮的画室,
进入将生活百年的分秒,
那些自称《音乐课》
或《读信的蓝衣女子》的作品——

---

[1] 维米尔(Vermeer van der Meer,1632—1675),荷兰黄金时代绘画大师,与梵高、伦勃朗合称为荷兰三大画家。维米尔出生在代尔夫特一个画商家庭,父亲去世后便继承父业,同时从事绘画创作,他的生活十分贫困,有时不得不用油画去抵偿面包铺的债务。维米尔有十五个孩子,其中四人先后夭折,全家与他的岳母和患精神病的小舅子生活在一起,直到他四十三岁突然去世,丢下十一个孩子和堆积如山的债务。维米尔的作品大多是风俗题材的绘画,基本上取材于市民的日常生活。他的绘画形体结实、结构精致,色彩明朗和谐,给人一种真实性和神秘感。《读信的蓝衣女子》与《音乐课》一样,同属维米尔的代表作。在这幅画中,画家描绘了一位临窗看信的女子,她神情专注,庄重大方,被信中的内容所吸引。画面的场景与运用的各种蓝色调让人流连忘返,遐想不息。

她怀胎八个月,两颗心在她体内悸动。
她背后的墙上挂着一张皱褶的《未知世界地图》。

静静呼吸……某种陌生的蓝色材料被钉在椅上。
金铆以迅雷不及掩耳的速度飞入
在那里停驻
仿佛它们从不曾动过。

深处和高度在耳朵嗡嗡作响。
这是来自墙另一头的压力。
它使所有的事实飘晃,
让画笔稳健。

穿墙是一件痛苦的事,你会因此而得病。
但这很有必要。
世界是一。但墙……
墙是你自身的一部分——
无论你知道与否,对每个人都是如此。
但孩子除外。对于孩子,没墙。

晴朗的天空斜靠着屋墙
像是对着空虚做祈祷。
空虚把脸转向我们

低语：
"我不是空虚，我是开放。"

罗马式穹顶

宏伟的罗马式教堂里游客在幽暗的光中拥挤。
穹顶连着穹顶,无法一眼望尽。
几支烛火摇曳。
一个无面天使将我紧紧搂住
用整个身子对我低语:
"自豪些,不要因为你是人而感到羞耻!
你内心的穹顶正在不断地打开。
你不会结束,事就应该如此!"
我热泪夺眶
和尤纳斯夫妇,田中先生,以及莎芭蒂妮女士
一起被推入阳光汹涌的广场。
穹顶在他们每个人的胸中正不断地打开。

短　句

资本的建筑,杀人蜂的巢穴,为少数人而酿的蜜。他在那里服务。无人看见时,他在黑暗的通道里展翅飞翔。他必须重新生活。

女人肖像——十九世纪

声音窒息于礼服。目光追踪着
角斗士。之后,她自己站在
斗兽场上。她自由吗?一个金框
　　　紧锁住画面。

中世纪主题

在我们迷人的表情里,骷髅
那王牌脸始终在等待,而
太阳在空中慢慢滚过。
      博弈在进行。

灌木林传来一声剪发的声音。
太阳在空中慢慢滚过。棋
在平局中停下。在那
      彩虹的静里。

航空信

为追猎一只信筒
我捧着信横穿城市。
这迷途的蝴蝶
在水泥森林里扑扇。

邮票飘飞的地毯,
地址蹒跚的字,
加上我封好的真理
此刻在飞越海洋。

大西洋爬行的银子。
垂挂的云。形同
橄榄核的渔船。
以及船尾翻滚的伤疤。

这里工作很慢。
我时常斜视挂钟。
树影是贪婪的
安谧里的黑色数字。

真理就在地上
但无人敢去捡取。

真理就在街头
但无人化为己有。

牧　歌

我继承了一座黑暗的森林，我很少去那里。但一天，死人和活人交换了位子，森林活动起来。我们并非毫无希望。那些棘手的案子警察虽已做出努力，但依然悬而未决。同样，在我们生活的某个角落，也有一段悬而未了的爱情。我继承了一座黑暗森林，但今天我走入另一座：明亮的森林。所有活着的都在歌唱蠕动摇摆爬行！这是春天，空气十分健壮。我持有遗忘大学颁发的毕业证书，且两袖清风，像晾衣绳上挂着的衬衣。

金翅目

铜蛇,这无脚蜥蜴沿门庭的楼梯流动
宁穆威猛,像蟒蛇,只是大小不同。
天空乌云密布,但太阳破云而出。日子就是这样。

早上,我妻子驱散了妖魔。
就像打开南屋黑暗贮藏室的门,光喷涌而至,蟑螂
箭一般地箭一般地窜向墙角,在墙上
消失——你见了又像是没见——
我妻子就这样裸着身赶走了妖魔。

仿佛它们并不存在。
但它们重新返回,
和千百只接错神经老式电话线的手。

七月五日。羽扇豆舒展身子,好像想看大海。
我们在乞讨的教堂,在没文字的虔诚里。
仿佛死不宽恕的主教面孔和错写在石上的上帝的名字
　并不存在。

我看见妙语连珠的电视讲课人融集了大量资金。
但此刻他很虚弱,必须让一名保镖
一个穿戴精美、笑颜紧如嘴套的年轻人来支撑。

一个窒息呐喊的微笑。
一个被父母扔在医院床上的孩子的哭叫。

神圣触碰某人,点燃火焰
但随即抽身离去。
为什么?
火焰引来影子,影子沙沙飞入,与上升变黑的火
融为一体。烟朝四处扩散呛鼻的气息和黑。
于是只剩下黑烟,于是只剩下虔诚的刽子手。

虔诚的刽子手向广场与人群搭建的一面粗糙镜子倾斜
他想看到自己。
最大的狂热者也是最大的怀疑者。他不知道。
他是这两者的同盟——
一个想百分之一百地引人注目,一个想消身隐迹。
我厌恶所谓的"百分之一百"!

那些只能待在自己正面的人
那些从不走神的人
那些从不开错门,瞥见"面目不可分辨者"的人——
离他们最好远点!

七月五日。天空乌云密布,但太阳破云而出
铜蛇沿门庭的楼梯流动,宁穆威武,像蟒蛇。
铜蛇仿佛官场并不存在。
金翅目仿佛偶像的崇拜并不存在。

羽扇豆仿佛"百分之一百"并不存在。

我熟悉世界的深处,那里人既是囚徒也是主宰,就像
　　珀耳塞福涅[1]。
我常常躺在硬直的草上
看大地笼罩我。
大地的穹隆
常常,那是生活的一半。

但今天目光离开了我。
我的盲目踏上了征程。
那黑色的蝙蝠弃下了自己的面孔,在夏日明亮的天空
　　里飞翔。

---

[1] 珀耳塞福涅(Persephone),希腊神话人物,每年一半时间生活在地狱里,一半时间生活在地上。

哀伤贡多拉（1996）

四月与沉寂

春天枯荒地躺着。
天鹅绒一样黑的沟
在我身侧匍匐
没有镜影。

唯一闪光的
是黄色的花朵。

我被影子拎着
像提琴
被放入黑盒

我唯一想说的
在触不到的地方闪烁
如当铺里的
银器

危险王国

局长身子前倾,在文件上打了个叉
她耳环像达摩克利斯的剑那样晃动。

如同娇弱的蝴蝶隐向地面
妖魔与打开的报纸融成一体。

一个无人佩戴的头盔夺揽了大权
乌龟母亲在水底漂浮着遁逃。

夜晚的书页

五月的一个夜晚
我在冰冷的月光里上岸
那里花草灰暗
但花香葱郁。

我沿着色盲的夜
朝坡上爬去
白色石头
向月亮传递信号。

一段五十八年宽
几分钟长的
时光。

我身后
铅色水面的远处
是另一个岸
以及那些掌权的人。

那些用前程
来替代面孔的人。

哀伤贡多拉（之二）

一

两个老头，老丈人与女婿，李斯特与瓦格纳
以及同弥达斯王（一个把摸过的东西变成瓦格纳的人）
　结婚的神经质女人
下榻运河边上。
大海青色的寒冷穿透地板挤进宫殿。
瓦格纳在劫难逃，他那出名的高鼻梁侧影比任何时候
　都显得倦怠。
脸，一面白旗
贡多拉船拖着他们沉重的生命，两次来回，一次单程。

二

一扇宫殿的窗帘飞起，有人在突然的穿堂风里做了个
　鬼脸。
两个强盗坐着单桨划的垃圾船在水上出现。
李斯特写下几个合音。
重得应寄给帕图瓦矿物研究所去研究。
陨石！
重得无法平息，它们下沉、下沉
穿越未来，抵达穿褐色衬衣的法西斯时代。
贡多拉拖着未来那龟缩着的沉重的石头。

三

城墙开口面朝1990。

三月二十五日。为立陶宛担忧。
梦见我参观一家医院
没有职工。所有人都是病人

梦见一个刚生下的女孩
用完整的句子说话。

四

在时代的骄子女婿身旁,李斯特不过是一个穷困潦倒
　的长辈。
但这只是件外衣。
那精心挑选面具的深处为他选择了这一庇护——
想融入人群而不暴露真相的深处。

五

阿贝·李斯特习惯了自己提着行李穿越风雪和阳光
他死的时候,没人在车站接他。
一次,一瓶才华横溢的白兰地在他执行任务的时候将
　他突然拐走。
他总有任务。
一年写两千封信!

小学生把写错的字重写一百遍才能够回家。
贡多拉船拖着沉重的生命,它简单而黑。

六
回到1990。

梦见我白白开了二百公里。
一切都被放大。麻雀大如母鸡,
叫得我耳朵发聋。

梦见我把钢琴键盘
画在厨房的桌上。我弹奏它们,喑哑地。
邻居们纷纷前来聆听。

七
在帕西法尔演出时沉默(但在倾听)的钢琴终于开口。
叹息……sospiri[1]……
李斯特在今晚演奏时,脚踩大海的踏板[2]
大海青色的力量穿过地板上升,和建筑里的石头融为
　一体。
晚上好,美丽的深处!

1　sospiri,意大利语,叹息。
2　在1882年和1883年交替之际,李斯特拜访住在威尼斯的女儿科丝玛和其丈夫理查德·瓦格纳。几个月后瓦格纳去世。李斯特为此创作了两部题为《哀伤贡多拉》的钢琴曲。

贡多拉船拖着沉重的生命,它简单而黑。

八
梦见我上学迟到。
教室里人人都戴着白色面具。
无法指出老师是谁。

有太阳的风景

太阳从屋子背后闪现
立在街头
用红色的风
呼吸我们
再见,因斯布鲁克!
我必须离开你
但明天
灼烧的太阳
将在我们工作生活
的半死的黑森林里露脸

东德十一月

那万能的独眼巨人已隐入云间。
草在煤灰里摇曳。

饱尝夜间梦魇的鞭打
我们登上那辆
站站都停靠的
下蛋的火车。

这里很静。
教堂取水的钟桶
叮当作响。
一阵坚定的咳嗽
在呵斥人间的万事万物。

一座石像撇了撇嘴：
这是城市。
这里充满了铁硬的误解
在报亭售货员、屠夫
铁匠和军官中间。
铁硬的误解，院士。
我的眼睛好痛！
我刚在萤火虫昏暗的灯下读过书。

十一月在用花岗石糖果请客
居心叵测!
就像世界史
在错误的地方发笑。

但我们听见教堂的钟
在星期三打水时
发出的叮当的响声
——是星期三吗?
在我们那里这应该是星期天!

自一九九〇年七月

这是一次葬礼。
我发现死人
比我更能
阅读我思想。

风琴沉默。鸟欢唱。
烈日下的坑。
朋友的声音
停在分秒的背面。

我开车回家
被夏日之光识破。
被雨和宁静
识破。被月亮识破。

杜 鹃

一只杜鹃站在屋子北端的白桦树上啼叫。它的声音很大,起初我以为是哪位歌剧演员在模仿杜鹃的歌唱。我惊讶地望着杜鹃。它歌唱时尾巴的羽毛就像水泵的手把上下晃动。杜鹃双脚同时奔跳,来回转身,朝不同方向叫喊。然后飞起,嘟嘟哝哝地飞过屋顶,在西天消失……夏日衰老着,一切都汇成伤感的喧嚣。子规返回了热带。它在瑞典的逗留结束了。时间不长!杜鹃其实是扎伊尔公民……我不再像以往那样热衷于旅行。但旅行却登门拜访。如今,当我越来越龟缩一个角落,当年轮不停扩散,当我需要戴上老花眼镜。四周发生的事比我们能承受的要多!没有东西值得让人惊讶的。这些思想忠实地抬着我,就像苏西和楚马抬着利文斯通[1]的尸体横穿非洲大陆。

---

[1] 利文斯通(David Livingstone,1813—1873),英国探险家。

短诗三首

一

骑士与他妻子
在时间之外
飞飘的棺盖上躺着。
石化,但幸福。

二

耶稣举着一枚
印着提比略[1]像的硬币
一张缺爱的脸。
权力在轮换。

三

流淌的宝剑
在销毁着记忆。
小号和佩带
在地底下生锈。

---

1 提比略(Tiberius),罗马帝国第二代皇帝,以残忍著称。

像做孩子

像做孩子,一个巨大的羞辱
麻袋般套住脑袋
太阳从袋子的眼孔上闪过
你听见樱桃树哼吟。

但无济于事,那巨大的羞辱
裹住你脑袋,胸和膝盖
你在里面不时扭动
但并不因春天而欣喜。

闪光的帽子,就让它蒙住你脸
并从里往外张望。
海湾的涟漪在悄声扩散。
葱郁的树叶把大地遮暗。

两座城市

海峡两岸:两座城。
一座黑着,被敌人占领。
另一座灯火辉煌。
闪光的岸催眠着漆黑的岸。

我欣喜地游入
波光荡漾的黑暗水域。
低沉的圆号声涌来。
这是朋友的警告:走吧,带上你的墓。

光芒涌入

窗外是春天长长的动物,
阳光透明的龙
像一列郊外火车
驶过——无法看到它的头。

岸上的别墅向两侧移动。
它们像螃蟹般傲慢。
阳光让雕像闪烁。

天上疯狂的火海
被土化成一阵抚摸。
清算的时刻到了。

夜间旅行

我们的底下是拥挤。火车开动。
艾斯多酒店在颤晃。
一杯搁在床边的水
在隧道里闪耀。

他梦见自己是斯瓦尔巴的囚犯。
地球轰响着旋转。
闪光的眼睛越过坚冰。
奇迹的美永在。

俳　句

一

这些电力线
被绷在冰雪之乡，
在音乐北侧。

　*

惨白的太阳
向着死亡的蓝山
孤单地奔跑。

　*

应该与碧草
和地下室的欢笑
生活在一起。

　*

太阳低垂着。
影子像巨人。一切
很快是影子。

二

绽放的兰花。

油轮从那里开过。

天上有圆月。

三
中世纪城堡
古城。冷狮身人面。
荒凉竞技场。

　　*

树叶在低语:
野猪在弹奏风琴。
钟声在回响。

　　*

夜晚从东方
向着西方涌来,用
月亮的速度。

四
两只大蜻蜓
彼此紧钩在一起
旋转着飞过。

　*

上帝在身边。
锁着的门,在鸟声
隧道里打开。

　*

橡树和月亮。
光和无声的星宿。
寒冷的大海。

来自一八六〇年的岛屿

一
一天她在渡口洗衣
海湾的寒流涌入她臂膀,
涌入生活。

泪水冻成眼镜。
岛从草丛里上升。
鲱鱼的旌旗在深处招展。

二
一群牛痘终于追上了他
在他脸上落脚。
他躺着,盯着天花板。

如何划向沉寂的上游?
此刻永远流淌的斑点。
此刻永远滴血的地点。

沉　寂

走吧,他们已被埋葬……
一朵云遮挡住太阳。

饥饿是黑夜里一栋
自行搬迁的高楼,

卧室里,电梯的鼓
用黑棍捶击着内脏。

沟里的花。鼓乐与沉寂
走吧,他们已被埋葬……

桌上银做的餐具
靠大西洋的深渊活着。

仲 冬

一道蓝光
从我的衣服里涌出。
仲冬。
冰铃鼓叮当作响。
我闭上眼睛。
有一个无声世界。
有一道裂缝,
那里,死者
被偷运过边界。

一幅一八四四年的速写

威廉·透纳的脸被天气弄黑。
他的画架支在飞溅的浪里。
我们跟着银绿色电缆走入深处。

他蹚水走出椭圆形地狱。
一列火车驶入。请靠近一些。
雨,雨在我们的头上行走。

监 狱 (2001)

题记：1959 年，托马斯·特朗斯特罗姆拜访黑尔毕（Hällby）青少年教管所主任、心理学家、诗人奥克·努尔丁（Åke Nordin）。同年，特朗斯特罗姆把前面八首俳句作为圣诞礼物送给了努尔丁和他的妻子欧拉。出于某种原因，第九首当时没被放在信里。

*

他们在踢球。
突来的困惑——球
飞出了墙外。

*

他们总在闹。
为了把时间赶入
更快的奔跑。

*

错写的生活——
美用文身的方法
在苟延残喘。

*

越狱者被抓。
他衣服的口袋里
装满了蘑菇。

*

车间在轰鸣。
岗哨的沉重脚步
令森林迷惑。

*

大门被打开。
我们站在监狱的
又一个季节。

*

围墙灯亮着——
夜航机看见一抹
梦幻的光斑。

*

夜。一辆卡车
从街上驶过,犯人
在梦中战栗。

*

男孩喝着奶
在牢房安心睡去。
石头的母亲。

巨大的谜（2004）

鹰　崖

玻璃缸内侧
爬行动物
诡异地一动不动。

一个女人
在静谧中晾衣。
死亡静如止水。

大地深处
我的灵魂
像彗星静静滑行。

屋　墙

一
路尽头,我看到了权力。
它像洋葱,
贴在一起的脸
正——剥落……

二
剧场已空。这是午夜。
字在墙上灼烧。
未回复的书信之谜
沉入冰冷的月光。

十一月

刽子手—无聊就危险。
燃烧的天空卷成一团。

敲门声飘过一间间牢房。
房屋从冻土中涌出。

几块石头像圆月闪烁。

雪飘落

葬礼更
密集地到来
像接近城市时的
路标。

千万人的目光
在细长影子的世界里飘移。

桥把自己
慢慢
筑入天空。

签　名

我必须跨越
黑暗的门槛。
大厅。
白色文件闪耀
和一堆移动的影子。
大家都想签名。

直到光追上我
叠起时间。

俳 句

一
一座喇嘛寺
托举着空中花园。
肉搏的画卷。

*

无望的墙壁……
鸽子在飞落,飞起
都缺少面孔。

*

思想默立着
如宫殿院子里的
镶嵌画石板。

*

伫立在阳台
阳光编织的笼里——
像一道彩虹。

*

在雾中哼吟。
一条天边的渔船——
水上的奖杯

*

闪光的城市
音乐传奇与数学——
但互不相同。

二
阳光下的鹿。
苍蝇急切地缝着
地上的影子。

三
刺骨的冷风
昨夜从屋里穿过——
妖魔的名字。

*

凌乱的松柏
置身同一片沼泽。
啊,永远,永远!

*

被黑暗抬着。
我在一双眼睛里
遇到了影子。

*

初冬的太阳……
我的影子在游动
变成了海市。

*

这些里程碑
已远走高飞。听见
斑鸠的啼鸣。

*

死神俯向我——
一盘尴尬的棋局。
找到了对策。

四
太阳下山了。
拖船用大头狗的
表情在盯看。

　　*

山顶的一角
魔崖露出了裂缝。
梦是座冰山。

　　*

沿着阳光的
陡坡而上——山羊正
咀嚼着火焰。

五
牛舌草,牛草
从柏油路上站起。
像一个乞丐。

　*

发黄的树叶
珍贵就像死海边
发现的经文。

六
疯人图书馆。
书架上摆着无人
翻阅的条规。

*

走出沼泽吧!
云杉敲响十二点。
鱼哈哈大笑。

*

喜悦在膨胀
波美拉尼亚湿地
青蛙在歌唱。

*

他写着,写着……
胶水在运河流淌。
船争渡冥河。

*

学细雨走路,
拜会细声的树叶。
听教堂钟声!

七
费解的森林。
上帝身无分文地
住着。墙闪烁。

　*

爬行的影子——
我们在蘑菇家的
森林里迷路。

　*

黑白色喜鹊
执着地走着 Z 字
横穿过麦田。

　*

看,我坐成了
一只岸上的小船。
我快乐无比。

*

　　林荫路戴着
　　阳光的脖套在走。
　　哦谁在呼唤?

八
草站了起来——
他的脸庞,为记忆
而竖的石碑。

   *

看,这边风景
惨淡:粉饰的贫困
囚衣的花朵。

九

时辰到来时
盲目的风就会在
墙面上栖息。

　*

我到过那里——
一堵抹石灰的墙
云集着苍蝇。

　*

太阳在这里
灼烧……悬挂黑帆的
远古的桅杆。

　*

坚持住,夜莺!
它会从深处露脸——
我们伪装着。

十
死神弯腰,在
海面上书写。教堂
呼吸着黄金。

　*

事情已发生。
月亮把房间点亮。
上帝他知道。

　*

屋顶破裂了。
死者可以窥探我。
这一张面孔。

　*

听见雨滴。我
轻声说了个秘密,
为抵达那里。

*

站台的风景。
多么古怪的安宁——
内心的声音。

十一
神灵已显现。
这古老的苹果树。
大海在跟前。

 *

海是一面墙。
我听见海鸥在喊——
向我们招手。

 *

上帝的风在
背上:无声的子弹——
太久的梦魇。

 *

灰色的沉寂。
蓝色的巨人走过。
海上的寒风。

缓慢的飓风
从大海图书馆来。
我可以休憩。

*

鸟形的人群。
苹果花已经开过。
那巨大的谜。

记忆看见我（1993）

诗人原计划写十五章节的回忆录,后因身体原因而未能完成。

记　忆

"我的一生",想到这几个字,我眼前就出现一束光。细看,是一颗有头有尾的彗星。最亮的一端,头,是童年和成长时代。核心,最密的部分,是童年的早期,我们生活最主要的特征在那里已定形。我试图回忆,试图从那里穿越。但要在这密集的领域移动很难,很危险,感觉在接近死亡。越往后,彗星就越稀疏,越宽——那是尾巴。我现在处于彗星尾巴靠后的部分,我写下这些文字时已年满六十。

最早的经验是非常难接近的。复述,关于记忆的记忆,重建突然燃起的氛围。

我最早可追溯的记忆是一种感觉。一种骄傲的感觉。我刚满三岁,人说意义重大,即我已经长大了。我躺在一个明亮房间的床上,然后爬到地上,清醒地意识到我已长大。我有个娃娃,我起了个我能想到的最美的名字:**卡琳·斯宾娜**(KARIN SPINNA)。我没把她当作女儿对待,而是当成朋友或情人。

我们住在斯德哥尔摩南城,斯维登堡大街33号(现在的格林德大街)。父亲仍是家庭成员,但很快就要离开。

我们的方式很"现代",从一开始我就对父母直呼其名。外公外婆住得很近,就在街角,在布莱金大街。

我外公,卡尔·海尔默·维斯特贝里,生于1860年。他当过领航员,是我的亲密朋友,比我大七十一岁。奇怪的是,他跟自己外公的年龄也差这么多,他外公生于1789年:巴士底狱被攻占,安亚拉兵变,莫扎特写下他的单簧管五重奏。在时间里退了两个相等的步子,两大步,其实没有那么大。我们能触摸历史。

外公讲着十九世纪的语言。他的很多表达显得惊人地老旧。但在他嘴中,对于我,显得十分自然。他个子很矮,长着小白胡子,弯钩型的大鼻子——按他自己的话说"像土耳其人"。他脾气很大,会突然发火。但他的火从不被当一回事,因为很快就会过去。他缺少持久的攻击性。说穿了,他是一个很随和的人,大有被扣上软弱的危险。他也总护着那些不在场却遭受非议的人。

——但爸爸,你必须承认 X 是个混蛋!

——听着,我不认为如此。

离婚后,母亲和我搬到南城一个中下等阶层居住的公寓。那里各色各样的人挤在一起。来自那里的记忆如二十世纪三四十年代的电影镜头里的人物那样被安排得有条不紊。可爱的门房太太,我崇拜她那沉默寡言的丈夫,传说他由于勇敢地接近危险的机器而煤气中毒。

楼里时不时会出现不属于那儿的过客。醉鬼会坐在楼梯上。乞丐每星期会来按一次门铃。他们站在门厅嘟哝。母亲给他们做三明治———她不给钱,给面包。

我们住在五楼。最高一层。楼里有四扇门,外加一个通风口。其中的一扇门上挂着"欧儿克"的名字，一个报纸记者。和报纸记者做邻居让人感到莫大的荣耀。

隔壁的邻居——经常能听见他的动静——是个皮肤微黄的中年单身汉。他在家里上班，用电话做房产交易。打电话时，他常常发出穿墙而至的感人的笑声。另一种声音是瓶塞的声音。当时啤酒瓶还没有金属瓶盖。这些酒神式的声音，笑声和瓶塞的腾飞声，同我常常碰到的那个鬼一样苍白的大叔毫无关系。随着岁月的流逝，他开始疑神疑鬼，笑声也越来越少。

有一次楼里发生了一起暴力事件。我还小。一个邻居被他妻子关在了门外。他喝醉了酒，愤怒地大声叫喊。他妻子在里面堵着门，他威胁着要破门而入。我记得他喊的那句古怪的话：

——我管他妈的是否会进国王岛！

他为什么说国王岛？我问母亲。

她说警察局就坐落在国王岛上。这个区有一种可怕的色彩（这色彩在我上圣埃里克医院时又被加深了一层，那里，我看见1939年和1940年从苏芬战争退下来的伤兵）。

母亲一早上班。她从不坐车。在她成年的生涯里，她一直走路穿梭在南城和东城之间。她在爱丽诺拉人民小学教书，年复一年地教着三四年级的学生。她是个满腔热忱的女教师，极其喜爱孩子。大家担心她退休会难受，但恰恰相反，她退休后心情很轻松，像卸了重负。

母亲是职业妇女，所以我们家有保姆，那时叫"姑娘"，但其实应该叫"阿姨"。她夜里宿在一间狭小的和厨房连在一起的房间里，这屋子不能算作所谓的"一室一厅"。

我五六岁时，来了一个名叫安娜-丽萨的保姆，她来自南方艾斯勒夫小镇。我觉得她很有魅力：金黄的鬈发，翘鼻子，带着南方口音。她温馨可爱，当我坐火车经过艾斯勒夫，我仍有着一种特殊的感觉。但我从没在那个神奇的地方下过车。

安娜在画画上很有天赋。她擅长画迪士尼人物。而我在三十年代末那些岁月几乎从未中断过画画。外公从副食店带回一卷当时用来包装食品的白纸，我用连环画来填满它们。是的，五岁时我已经会书写。但进展太慢。想象需要更快的表达。我甚至缺少足够的耐心把画画好。我创造出一种速写式的方法，快速运动的人物，风驰电掣的剧情，但没有细节。那只是供我一人消费的连环画。

三十年代中期的一天，我在斯德哥尔摩的中心迷失了。母亲和我参加学校的音乐会。在音乐厅出口的拥挤中，我脱离了她的手。我无助地被人流带走，因为人太小，没被人发现。黑暗降临。我站在音乐厅外的草垛广场，失去了所有安全感。我周围有人，但都在忙自己的事。我无依无靠。那是我第一次的死亡经验。

惊慌之后，我开始动脑筋，走回家是可能的。绝对可能。我们是坐公共汽车来的。我像往常那样跪在座位上看窗外的景色。皇后街在眼前流过。我要做的事很简单，沿原路一站一站走回去。

我走对了方向。长途跋涉中有一段路我记得很清楚。我走到北桥，看到桥下的水。这里车辆很多，我不敢过马路。我转向一个站在旁边的男人说："这里车真多。"他牵着我的手把我带过马路。

但他放开了我。我不明白，他和别的陌生成人为什么觉得一个小男孩夜晚独自在斯德哥尔摩行走是一件正常的事。但事情就这样。其余路程——穿越老城、大闸门、南城，肯定很复杂。也许我抵达目的地靠的是狗和信鸽所具有的内在的神秘罗盘——无论在哪儿释放它们，它们总能找回家。我已不记得那些细节。不，我记得。我的自信力在增强。当我回到家，我欣喜若狂起来。外公迎接了我。我心碎的母亲正坐在警察局等待寻找我的下落。外公坚韧的神经没有垮，他很自然地和我握手。他当然高兴，但并没有大惊小怪。一切都那样安全、自然。

博物馆

童年，我迷上了博物馆。第一个是位于弗雷斯高地的国家自然历史博物馆。多气派的建筑！巨大，像巴比伦塔一样雄伟，无穷无尽。一楼的各大厅放着积满尘土的哺乳动物和鸟类标本。此外还有挂着鲸鱼散发骨头气味的穹顶，二楼是化石，没有脊椎的……

我拉着某人的手，参观这座自然历史博物馆。我那时五岁，入口处你会遇到两个大象骨骸。这是把你带入神奇世界的两个守门人。它们给我留下惊心动魄的印象。我在自己那本巨大绘画本上画过它们。

一段时间后，我停止了访问历史博物馆。我进入了惧怕骨骸的阶段。最可怕的是《北欧族谱》"人类"一章里的那些骨骸插图。

但这种恐惧折射到了所有的骨骸上，自然也折射到博物馆里大象的骨架。我甚至害怕起自己画的大象骨骸，不敢打开自己的绘画练习本。

我的兴趣开始转向火车博物馆。博物馆而今已在耶夫勒城边铺开，但以前它夹在克拉拉区的街巷里。我每星期两次和外公自南城而下，参观这座博物馆。外公肯定自己也喜爱火车模型，要不然他早就不耐烦了。参观常常要花上一整天。最后在附近的斯德哥尔摩火车中心结束，那里跟原本一样大的火车冒着蒸汽一列列驶入站台。工作人员显然注意到了小男孩的痴迷。有一次，他们把我领到博物馆的问讯处，让我在顾客簿上签名。我在上面写了一个倒反的"S"。我想当铁路工程师。我对蒸汽火车头的兴趣要远远大于现代的电力火车头。换句话说，我不是技术型的，而是浪漫型的。

到了上学的年龄，我又开始重返自然历史博物馆。现在我是业余动物学家，神情严肃，一副小大人的样子。我向有昆虫和鱼类的书俯身。

我开始自己收集标本。我把标本放在家里的一只柜子里，但在我的大脑里，一个奇大的博物馆在扩展。在想象的博物馆和弗雷斯高地真实的博物馆之间，出现了一种呼应。

差不多每隔一个星期天，我就会去自然历史博物馆。我坐上小火车，去鲁斯劳斯图，徒步行走最后几公里。路总比我想象得要远。那些行程我至今记忆犹新：风老吹着，鼻涕不停地流着，眼睛渗着泪水，我对相反的行程毫无记忆，仿佛我从来不会回家，而是总往那里去，一个让人涕泪满面，充满希冀的朝向如巴比伦塔的建筑方向的漫游。

抵达时，大象骨架向我打招呼。我常常径直走向在十八世纪标本已经做好的"老"展厅，有些头部肿胀，样子有些笨拙，但仍不乏魔力。而那些庞大的人工的自然景色和精致漂亮的动物标本，对我则毫无吸引力。那是虚假的景色，骗骗小孩的。这样做不好，不应该是这样，而应该让人知道这里呈现的不是活的动物,而是人工的,是为科学服务的。我挨得最近的科学,是林纳式的科学:发现,收集,考证。

博物馆被逛遍了。我长时间逗留在鲸鱼和古生物的展室里,但我待得最多的展厅是无脊椎动物的。我在那里从未遇到别的参观者。其实我根本记不得那里除了我,是否还有别的参观者。我多次到过的别的博物馆,比如航海博物馆、民俗博物馆、技术博物馆,那里总是挤满了人,但自然历史博物馆好像是为我一个人开似的。有一次我遇上一个同行。他不是参观者,他是教授,或者诸如此类的。他在博物馆工作。我们在无脊椎动物展室相遇,他突然变成陈列物的一部分,几乎和我身体一般大。他的话一半是说给自己听的。很快我们深入地谈论软体动物。他很健忘,没有偏见,把我当作一个大人对待。他是我童年一个时不时出现,用翅膀抚摸我的保护天使。我们交谈后,他让我走入一个不对外开放的展厅。从他那里,我获得了大量做小动物标本的秘诀,还得到了似乎只有专业人士才用的细小的玻璃管。

从十一岁到十五岁我都在收集昆虫,主要是甲虫。五岁那年,新的兴趣闯了进来,主要是艺术方面的。把昆虫学的兴趣让位给它们真叫人忧伤!我告诉自己,那只是暂时的现象。五十年后,我将重操旧业。收集昆虫的工作始于春天,当然主要在夏天,在伦马尔岛上。我们在夏日别墅里只需要几平方米的空间,在那里放装满被杀死的小虫子的玻璃缸,排列钉挂蝴蝶的夹紧板。

这些东西散发着乙酸乙酯气味,这气味也跟着我,因为我的口袋里总放着一只装杀虫剂的瓶子。

无疑,《杀虫剂手册》所推荐的氰化钾是最酷的。但幸好我没搞到这种杀虫剂,我避免了用"我敢"或"我不敢"来考验自己是不是个男子汉。

很多人都参与了昆虫捕猎。周边的孩子学会了一旦发现有意思的昆虫时就立即发出"这里有只虫子!!"的信号。喊声在村里回响,我举着网,飞快地向喊声跑去。

我们不停地出外作业。一种和健康毫无关系的野外生活,我对自己的猎物自然也没有审美意义上的见解——这是科学——但我毫无意识地经历了很多美的享受。我在巨大的神秘里活动着。我领悟了大地是活的,有一个无边的巨大的爬行和飞翔的世界,可以完全不理睬我们而过着自己丰富的生活。

这个世界极小极小的部分为我所捕获,被我固定在我迄今仍保存着的木箱里,一个我缺少认知的微型博物馆。它们坐在那里,昆虫们,仿佛在等待时机。

人民小学

我入了北卡特琳娜人民小学。我的班主任是个女教师，一个每天都要换裙子的单身女人。每星期六最后一堂课孩子都会得到糖果，但是她很严厉，抓头发、打人属家常便饭，但她从来没这样对待过我，一个女教师的儿子。

我第一堂课的主要任务是静坐板凳。我已经能写会算。我被迫坐着，剪着彩纸。剪什么东西，我已经记不得了。

我觉得第一年课堂的气氛还相当不错，但不久就变得冷峻起来。次序一乱，事不顺畅，女教师就发脾气。你不能焦躁或喧哗。也不能软弱。你也不能出乎意料地有理解困难，尤其不能做出乎意料的事。等待一个含着羞辱尿裤的女孩的将是重罚。

我上面提到过因为我是女教师的儿子，所以我避免了肢体惩罚。但周围令人窒息的责备和威胁的气氛，我能感受到。这背后有教务主任，一个长着鹰钩鼻子的可怕的家伙。最可怕的莫过于上教管所，一个在特殊场合多次被提到的东西。我本人对此并不以为然，只是现象本身让人感到无趣。教管所是什么，并不难想象，尤其当我听到这一装置的名称：刮。让人联想到刮刀和刨子。每天，对那些送进教管所的人上刑，在我看来是毫无疑问的。在我已有的世界观里，自然存在大人给小孩上刑——也许致死——的特殊机构的猜想。因为他们太闹。这太惨了，但事情必须这样，如果你闹成那副样子……

当学校某个男孩被送入教管所一年返回后，我就会把他看成从死人堆里复活的尸体。

一个更现实的威胁是转移。战争头两年，所有大城市的小学生都计划着如何转移，母亲用墨水在我们床单等用品上注上"特朗斯特罗姆"的字体，问题是我和母亲她的班级还是和我卡特琳娜的班级一起转移，即和女教师 R 一起发配遣送。我猜想，后者的可能性更大。

我避免了转移，学校生活一如既往地继续着。我整天盼望学校放假，我可以一头扎在那些真正吸引我的东西里：非洲、深水世界、中世纪等。学校唯一真正诱惑我的，是海报，我是海报的迷恋者，最大的乐趣是跟着女教师去库房取一张陈旧的海报，那时还能看到其他挂着的海报。我在家里花了九牛二虎之力也做了几张。

我的生活和班上同学的生活之间最大的差异是我没有可以让人看的爸爸。大多数同学来自离婚率很低的工人家庭。我从不愿意在别人面前装作我的家景有什么不正常。对自己我也这样。不错，我有爸爸，尽管我一年和只他见一次（通常是在平安夜），我对他的情况很清楚——比如战争期间有一阵他在一条鱼雷快艇上，他在那里给我写了一封很有趣的信，等等。我很想给人看这封信，但这显得有些不自然。

我记得那瞬息的恐惧。我从学校请了几天假，回来时有一个同学说，女老师——不是R，而是一个代课老师——说，不要用我没有爸爸来取笑我。换句话，这是在可怜我。我听了之后，害怕起来，显然，我是一个不正常的人。我面红耳赤，试图辩解。我唯恐被人看作与众不同，因为我内心深信我就是这么一个人。我被那些正常的孩子没有的兴趣所吞没。我主动上绘画课，画深海的景色：各种鱼类、海胆、蟹、海螺。女教师大声提醒我画的是些非常"特殊"的画，于是惶恐又揪住了我的心。总有一些不敏感的大人老说我与众不同。同学其实倒还宽宏大量一些。我既不受人青睐，也不招人打骂。

哈塞，一个比我壮五倍、皮肤黝黑的大小伙子，第一年课间休息时，总喜欢把我按在地上。起初我竭力反抗，但这根本无济于事，他还是把我摔倒在地，露出得意扬扬的表情。最后我找到了让他失望的办法：完全放松。每当他接近我，我就装着自己摔了出去。只留下一具皮囊，一个可以任意按压、毫无生命的抹布。他讨厌这个。

我思索着让自己变成无生命的抹布的方法，对我以后的生活有什么意义。一种被欺压但保持尊严的意识。我经常使用这种艺术了吗？有时它起了作用，有时没有。

战 争

这是1940年春。我九岁，骨瘦如柴，对着报纸上的战争地图俯身，德国装甲部队的攻势被黑箭头标在那里。那些箭头插入法国，同时也像寄生虫占据着我们这些希特勒的敌人的身体。我确实打算去那里，我从未这样全身心参与过政治！

说一个九岁的孩子参与政治无疑给人一种滑稽的感觉，这里涉及的并不是真正意义上的政治，而是说明我参与了战争。对社会、阶级、工会、同盟、经济、资源分配、社会主义、资本主义等问题，我确实一窍不通。"共产党"指的是一个喜欢俄国的人。"右翼"有些暧昧，因为这个党的部分成员倾向德国。除此之外我理解的右翼，是他们把选票投给有钱的人。但究竟什么是有钱的人？我们有几次在被看成有钱的人家吃饭。他们住在苹果湾。这家的先生是个服装店老板，有一栋豪宅和穿着黑白两色制服的用人。我注意到这家的男孩——他和我一样大——有一辆巨大的玩具车，一辆让人羡慕不已的救火车。他是怎么得到这玩意的？啊，我明白了：这家人属于另一个阶级，一个能买大玩具车的阶级。这一经历变成了一个并不重要的残缺的记忆。

另一个记忆。在一个同学家做客时,我惊奇地发现他们没有抽水马桶,而只有像我们在乡村用的茅房。他们在一个废弃的铝锅里撒尿,然后他的母亲把它倒入厨房的污沟里。这是一个具有田园色彩的细节。除此以外我并没有去想这家人是否缺了什么东西。苹果湾的豪宅在我眼里似乎并没有什么可指责的。我和很多人在生活中获得的那种本领——一眼就看清环境的阶级归属和经济地位的本领——离得非常远。很多孩子似乎都有这种能力,我没有。我的"政治"直觉完全是针对战争和纳粹的。我认为一个人不是纳粹分子,便是反纳粹分子。那种在瑞典蔓延的温和,等着瞧的机会主义,对我来说不可思议。我把它理解成要么是对盟军的认可,要么就是对暗藏的纳粹的支持。

当我发现我喜欢的人原来是"亲德"的,我胸口立刻会闷得难受。一切都完了。我们之间再也不会有共同的东西了。

在亲人面前,我毫无保留地寻找同盟。一个晚上,我们在舅舅埃洛夫和舅妈阿德嘉家做客,新闻转播之后,我听见沉默寡言神情安详的舅舅说:"英国人正在胜利撤退……"他几乎用抱怨的口气说这句话。当我发现他话里含着讽刺(讽刺平时对于他几乎是件陌生的事),我胸口立刻发起闷来。盟军的历史决不允许质疑。我痛苦地望着天花板上的灯泡,我在那里找到了安慰。它形同英国钢盔:像只汤碗。

星期天我们常常在我另一个舅妈舅舅家吃饭,他们住在恩谢德,是妈妈离婚之后的"支助家庭"。当时在那里听 BBC 的广播成了一种习惯。

我永远忘不了节目开始时的呼叫。我听见胜利的信号，紧接着是开场曲《来自普赛尔的小号志愿军》（其实是根据耶利米·克拉克大键琴乐曲改编的一段气势磅礴的演奏曲）。播音员平静的声音带着轻微的英国口音，从另一个世界直接对我说话，那里和蔼可亲的英雄正冒着暴雨般的炸弹在正常工作。

当我们坐上小火车去恩谢德时，我总让母亲——她不喜欢引人注目——展开那份《大不列颠新闻》的宣传报，试图用这一方法表明我们属于哪一方。她为我几乎什么事都做，这一次也是。

战争年代我很少见到父亲。有一天他出现了，把我带到记者同事的晚会上，酒杯林立，嘈杂与欢笑声，屋子弥漫着雪茄的烟气。我转着圈和人打招呼，回答各种问题。这里充满了轻松愉快、宽容大度的气氛，你想干什么就能干什么。我躲到一边，沿着书架在一个陌生的家里走动。

书架上放着一本新出的书，叫《波兰烈士》，一本纪实文学。我坐在地板上，一页一页地翻阅着，头顶回响着大人的说话声。那本令人毛骨悚然的书——之后我再也没见过——描述着我害怕的东西，或许也是我渴望的东西。纳粹分子和我想象的一样没有人性，不，比这更坏！我读着，既迷恋又恶心，一种胜利感油然而生：我是对的！一切都在书上，证据确凿。等着吧！有一天会水落石出，有一天真相会呈现在你们这些怀疑者的面前，等着吧！结果正是如此。

图书馆

公民大楼建于 1940 年前后。一个位于南城的巨大的方块建筑，这是一个宽敞明亮具有多种功能的现代建筑，"实用派风格"。它离我们住的房子只有五分钟路程。

在公民大楼里有一个公共浴室和图书馆，里面一边是孩子区，另一边是成人区。我自然属于孩子区，那里起初也有书，这对于我就足够了。最重要的是布莱姆的《动物的生活》一书。

我几乎每天都钻入图书馆。但并不是说可以随心所欲。有时我借一些图书馆管理员认为不适合我这年龄读的书，比如像豪姆博厄充满暴力的纪实文学《沙漠在燃烧》。

——谁读这本书？

——我……

——那不行。

——我……

——告诉你爸爸，让他自己来借。

更糟的是在我想进入成人区的时候。我需要一本孩子区没有的书。我在入口处停下。

——你多大？

——十一岁。

——那你不能在这里借书。欢迎你过几年再来。

——但这本书这里才有。

——哪本书?

——《斯堪的纳维亚动物世界的迁移史》,艾克曼写的。我轻声加了一句,觉得游戏已经失败。一点不错,我被挡在了外面。我满脸通红,我暴跳如雷。我绝不会饶恕她。

然而我沉默寡言的舅舅埃洛夫帮了我一下忙,他把自己成人区的卡借给我,我撒谎说帮他借书。现在我可以随便出入成人区了。

成人区和浴室只有一墙之隔,入口处可以闻到水池的蒸汽,漂白粉的味道从排气管里渗透出来,你可以听到浴室里轻轻回响的人声。浴室里总有一种奇妙的回音。健康的庙宇和图书做邻居,给人一种喜庆的感觉。

我成了公民大楼图书馆多年的忠实朋友。我认为它比斯维亚大街上的市图书馆强得多——那里空气沉闷,令人窒息,没有漂白粉的气息,没有回荡的人声。那里书的气息也不一样,让人头昏脑涨。当我在图书馆可以随意走动时,我把大部分精力放在专业书上。文学我暂时搁在一边。甚至经济和社会方面的书也这样。但历史书很有意思。医学书让我不寒而栗。

地理是一个我关注的领域,我常常在"非洲部分"的一大片书架前逗留。我至今还记得好几个书名,《埃尔贡山周边的地带》《一个斯德哥尔摩人在非洲》《沙漠速写》……我在想那些当时把书架填满的书今天有几本还留存着。

有一本是阿尔伯特·史怀哲写的,书名极其诱人,叫

《原始森林和水之间》。此书讲的主要是对生命的思考。但他，史怀哲，大部分时间都待在传教士的客栈里，从不移动。而约斯塔·姆贝里数公里接着数十公里地走着（为什么？），在迷人的陌生地带，尼日利亚、乍得以及图书馆的书上没有的国家。我最喜欢的是肯尼亚和坦噶尼喀，古老的瑞典乡村。游客在尼罗河坐船南下到苏丹地区，然后返回，著书立说。但谁也没有到过苏丹的干燥地区，没有人涉足过科尔多凡或达佛。它们在地图上看上去很大。葡萄牙的殖民地安哥拉和莫桑比克在"非洲部分"处于被忽略、默默无闻的状态——这使得它们变得更为迷人。

我在图书馆站着读了一大堆书——我不想借阅。很多同类书，或基本一样的书被放在一排。我那时觉得我会受到图书管理员的指责，而这无论如何都是应该避免的。

一个夏天——记不得是哪一个了——我沉浸在非洲这巨大空洞的白日梦里。这是在远离图书馆的伦马尔岛上，我把自己和世界隔绝开来，想象我带着探险队穿越中非。我在伦马尔岛上森林里不停地走着，走着，估测着我究竟走了多远。在巨大的非洲地图，我绘制的"非洲全貌"上面，标上黑点。比如计算我一星期在伦马尔岛上走一百二十公里，我就在地图上标出一百二十公里。这并不算多。我计划探险从非洲东岸开始，大致在斯坦利出发的地点，但这样到我最感兴趣的地方就会太远。我改变了计划，决定坐车先到阿尔贝特·尼安萨。那里步行探险才真正开始，不管怎样，我要在夏天结束以前走完大部分的伊图里森林。

这也就是十九世纪的探险活动，有担架队等。但是我朦胧地意识到这种探险方法已经陈旧。非洲已经改变。在英国人统治的索马里正在打仗,每天新闻都能听到这消息。装甲车出现了。这其实是盟军在二战中取得胜利的第一站——我注意到这点——阿比西尼亚[1]是第一个从轴心国解放出来的国家。

几年后,我的非洲梦再次返回,它已经现代化,而且几乎变成了现实。我想当昆虫学家,在非洲收集昆虫,去发现我的种类,而不是去发现新的沙漠。

---

[1] 阿比西尼亚,埃塞俄比亚旧称。

初 中

小学的同班同学只有两个考入了中学。我一个人报考了"南城男子高等中学",也就是"南拉丁中学"。入学需要考试。在我考的这些科目里,我只写错了"特殊"一词,这个词老受骚扰,而这一骚扰直到上世纪六十年代才终止。

我清楚记得1942年秋第一天上南拉丁中学的情景:我夹在一群完全陌生的十一岁的男孩中间。我紧张不安,孤立无援,而其他人好像彼此都很熟——他们来自玛丽亚小学。我搜寻着北卡特琳娜小学同学的面孔,但一个也没找到。空气里一半是忧郁,一半是期待。

我们所有人都被点了名,分成三个班。我被分配到B1班,被指令跟着博士,我的班主任毛林,年纪最大的教师之一。他的专业是德语。这是个矮个儿,但有一种猫的威严。他的动作轻快无声,竖着的短发,白得有点勉强,额头上有秃斑。我从身边一个人那里获得一种判断:老毛——人都这样叫他——"严厉但公正",这是不幸的征兆。

我一开始就看到中学和小学的区别。南拉丁全是男的,学校一律是同性,就像修道院或兵营。几年后才悄悄溜进了几个女教师。每天早晨学校在大堂集合,唱圣诗,聆听信奉基督教的老师布道。然后走回各自的教室。南拉丁当时的集体主义氛围被在这个学校拍摄的《折磨》这部影片给永恒化了。(当时在那里上学的我们在几个镜头里充当了群众演员。)

我们每个人都配有《学生守则》，其中《学校的纪律和惩罚制度》里写道：

"学生必须准时上课，必须衣着整齐雅致，必须携带必备课本，遵守纪律，言行文明，上课专心听讲。学生也同样必须准时参加晨祷，晨祷时必须安静专注……

"学生要尊敬服从学校的老师，同时必须接受他们的劝告、指正和惩罚……"

南拉丁位于南城最高点，校园在城区的屋顶上围成一个高原。从远处能一眼看到学校的教学楼顶，我总是在惶恐中半跑着，走在这座叹息城堡的路上。我穿过战备时期大熊花园前面的一大片高高堆着的木柴，踏上汉森和布鲁斯书店的哥特路，左拐进入高山路，那里每天早晨都站着一匹马，咀嚼着一只麻袋里的干草。一匹驮运啤酒的马，一匹冒着热气的阿登马。我突然进入它气息的影子，对这一坚韧的动物的印象和它在潮湿寒冷中的气息，至今记忆犹新。一种既让人窒息又给人抚慰的气息，差不多在学校铃声敲响晨祷的时候，我奔进了校园。我几乎从未迟到过，七点和八点之间一切有条不紊。羽翼为一天而紧张地张开着。

快放学的时候，气氛自然平静舒缓了许多。有时我跟着派勒回家。我第一年的最亲近的朋友无疑是派勒，我们有很多共同之处：他的爸爸也不在身边——他爸爸是海员——他是独生子。他妈妈是个温蔼的女人，似乎很乐意见我。和我一样，派勒养成了一大堆独生子的癖好。他首先是个收藏家。收藏什么？所有的东西：啤酒标签、火柴盒上的商标、剑、斧头、邮票、明信片、海螺、不同民族的装饰品、骨头。

在他铺天盖地的收藏品中，我们比着谁收藏的剑最多。我俩在骑士岛上一块秘密地点挖掘着，挖到我的牙科医生辨认出来的属于"人体局部"的骨头。

与派勒交往，我很受益，但之后我们渐渐疏远起来。他常常因病请假。他转到另一个班级后，我们就中断了来往。我的旧友遥不可及。其实他已病入膏肓：他现在偶尔才上学，面色苍白，神态严峻，被截掉一条腿。他死的时候我根本无法接受这一事实。我良心受到了谴责，但拒绝承认，仿佛我必须忘掉我们在一起的那些欢乐时光。

派勒死于四十五年前，他没有长大成人，和他在一起，我感到我们是同龄人。但被我们叫作"老头"的那些年长的老师，他们在记忆里永远成了老头，尽管他们中最老的和眼下写这些文字的我年龄相仿。人总是觉得自己要比实际年轻。我的内心带着自己早期的面孔，就像树带着自己的年轮。它们的总和就是"自我"。镜子只看到我后来的面孔，我熟悉我早年所有的脸。

在记忆中占据大部分地方的，自然是那些课上得引人入胜的老师，那些个性鲜明、生动活泼的正版。他们不占多数，但不少。在这些人里，有一种我们都能预感到的悲剧，一种类似下面的绝境：我知道我不会受底下那些榆木脑瓜的爱戴。我不会被爱戴，但至少我要让他们记住我！

课堂是舞台，主角——老师，登台表演，被冷酷地挑剔。学生是观众，有时一个个参与表演。

你必须时刻提防着，我必须习惯一再出现的暴力场面。我和人民小学的女老师关系不错——她曾对我非常严厉粗暴。但她不是真正的演员。在家里我没有任何可汲取经验的地方。家里没有人表演，没有精彩的演出，没有咆哮的父亲形象。母亲直率，但缺少戏剧性。发脾气是一种幼稚的行为。小时候爱发脾气的我现在已成了一个相当能克制的小伙子。我的理想是当个英国人——刚毅的上嘴唇。暴跳如雷是轴心国的事。

学校有一些色彩撩人的主角。他们把大量的时间花在建造病态的泄愤塔上，仅仅是为了在那里宣泄积压在心底的怒火。

我的班主任毛勒显然不是主角。但他成了定时泄怒的炮灰。在他心情好的时候，毛勒无愧是一个有魅力的好教员。但悲哀的是，我记得最清楚的是他的愤怒。不错，他每个月最多发两三次大的火，而他的威望也正建立于此。

雷霆在课堂上移动着，谁都知道它随时会袭来，但不知道落在哪里。毛勒没有专门发泄的对象。他"严厉但公正"。谁都可能遭殃。

一天，雷霆落在了我的头上。大家开始打开德语语法书。但我没找着书。在书包里？忘在了家里？不管哪里，我就是找不到。

——站起来！

我看见毛勒从讲台上迈着舞步走来，就像在田野上看见一头公牛向自己逼近。

耳光开始噼啪作响,我左晃右摇。一眨眼毛勒又回到了讲台上,坐着,满脸怒色,给家里写着一封书面警告。警告写得很暧昧,说我应对"上课开小差"负责,或诸如此类的文字。

很多老师希望书面警告能带来法院的审讯和家里的新的惩罚。

但我家并非如此。母亲听了我的述说,给书面警告写了回函,在上面签了字。当发现我脸上有老师戴戒指的手留下的乌青块时,她反应强烈起来,说要和学校联系,直接给校长打电话。

但我反对,不能这样做!迄今为止一切还算顺利。但现在丑闻在威胁。我将不光被毛勒,而且将被学校所有老师看成"母亲的小猪崽"。

她当然没这样做。在整个学生时代,我尽力把学校和家庭两个世界给隔开。如果两个世界开始互相漏水,家就会遭受污染。我就会失去真正的避难所。直到如今,每当我听见"家庭和学校配合"这个词,心就会抽缩。我也看到把这两个世界分开的做法,可引申为进一步把私生活和社会生活从根本上分离开来。(这和"左派"或"右派"的思潮无关。)学校经历的东西会被看作社会风气的投射。我的学校经验明暗掺杂,但总的来说,黑暗多于光明。我对社会的看法也是如此。(但社会"究竟意味着什么?")

师生之间的接触具有强烈的个人色彩,重要的个性被充满紧张气氛的课堂放大。个性,是的,但绝非隐私。我们对自己老师的私生活一无所知,尽管他们大多数人都住在学校附近。虽然也不缺谣传——比如毛勒年轻时曾是一个轻量级拳击手——但根据不足,你不会真信。我们有关于两个年轻老师的可信资料,但他们从不制造事端。一个据说很穷,夜晚在饭店弹钢琴挣钱。他成了我们跟踪的对象。另一个据说是象棋手。报上有过报道。

一个秋日,毛勒手里拿着一只红菇走入教室。他把蘑菇放在讲台上,让人释然也让人惊讶——我们窥见了他的私生活,瞧,毛勒也采蘑菇。

没有一个老师谈论政治。这一时期,办公室的气氛紧张到了极点的。那里也在打第二次世界大战。很多老师都是不折不扣的纳粹分子。其中的一个甚至在1944年那么晚的时候还在喊——在办公室——"希特勒倒台,我也就完了!"可他没完。我高中时他教我的德语课。他恢复了常态,1946年当黑塞获诺贝尔文学奖时,他凯旋式地在校园里喊叫。

我是个不错的学生,但不是最优秀的学生。生物学应该是我最喜欢的科目。但在人民小学,我则遇上了一个古怪的生物老师。有一回,他不幸触犯了校规,受到警告,之后成了一座熄灭的火山。我成绩最好的是地理和历史。因为我有最杰出的老师布雷恩曼。他是个年轻人,皮肤微红,精力充沛,金发直竖,一生气就会爆炸。他经常生气。但他心眼好,我喜欢他。我经常写取材于地理和历史方面的作文。文章一写就很长。很久以后,我从另一个南拉丁同学布·格朗迪恩那里听到了这些事。布在高中时期成了我的好朋友,但初中时我们并不认识。

布说,他第一次听说我是在一次课间休息经过我几个

同班同学的时候。有几个拿到了交上去的考卷,对分数很不满意。布听见恼怒的抱怨:

——不是每个人都能写得像"特朗"那么快的!

布认为特朗"是一个可恶的家伙",应该避免交往。

对于我,这个故事有一种安抚作用。对于现在以产量少而闻名的我,那时我则以写得快出名,一个词的斯达汉诺夫运动[1]。

---

[1] 斯达汉诺夫运动,指苏联早期以斯达汉诺夫命名的社会主义竞赛的群众运动。顿涅茨矿区采煤工人斯达汉诺夫在 1935 年 8 月 30 日创造了一班工作时间内用风镐采煤 102 吨的记录,超过定额 13 倍。这一事迹,在苏联第二个五年计划时期得到广泛传播,促成了斯达汉诺夫运动。

驱　魔

十五岁那年冬天，我被巨大的焦虑缠住。我被囚在一个射出黑暗的聚光灯里。每天黄昏降临直至第二天黎明，我都陷在焦虑的控制中。我睡得很少，我坐在床上，通常抱着一本厚厚的书。那段时间我读了好几本厚书，但其实我无法肯定我真的读过，因为所读的东西一点印象也没留下。书是让灯开着的借口。

那是从深秋开始的。一天晚上我到电影院看《枉度光阴》，影片讲的是一个酒鬼。他最后得了精神病——这令人震惊的结局在今天看来或许有些幼稚。但当时……

我躺在床上，电影镜头在我脑海不停浮现出来，像看了电影之后经常发生的那样。

屋里恐怖气氛突然加剧起来。某个东西完全占据了我。我身体突然开始发抖，特别是双腿。我是个上了发条的玩具，无助地乱晃乱跳。我抑制不住地抽搐起来。我从未经历过这种状态。我喊叫救命，妈妈走入房间。抽搐渐渐消退。再没回来。但恐惧加剧了，从黄昏到清晨一直跟踪我。这一主宰夜间的恐惧和在弗里茨·朗的影片《马布斯博士的遗嘱》里所体验的有着相似之处——一家有人躲着的印刷厂，机器在转，一切在震晃——我很快看到了自己的处境。但相比之下，我的夜要宁寂得多。

生活最重要的因素是**病**。世界是一座大医院。我看见人类从灵魂到肉体都变了形。灯在燃烧，试图赶走那些可怕的脸，但有时我会打瞌睡，闭上眼帘，可怕的脸突然将我围住。

世界很静，但声音在寂静的内部忙碌。墙纸的图案做着鬼脸。寂静时而被墙内的咔嗒声打破。是什么在发出响声？谁发的？是我自己吗？墙的响动是我的病态意愿引起的！真是糟糕……我疯了吗？差不多。

我担心陷入疯狂，但总体来说我并未觉得自己会遭受任何疾病威胁——这不是疑病症中的案例——不，而是疾病的**绝对统治**引发的恐惧。就像一部电影，当静谧的房间配上恐怖的音乐，家具就会改变特征。我经历外部世界的方式与平日不同，是因为疾病专制的意识控制着我。几年前我想做个探险者，如今我挤进一个我根本不想去的陌生国度。我发现了一种邪恶的力量。或者确切地说：是邪恶的力量发现了我。

（最近我在报纸上读到，某些青少年由于被艾滋病统治世界的念头所困扰而失去生活的乐趣。他们会理解我的。）

母亲目击了那个深秋之夜危机开始时的痉挛。但之后她完全被关在外面。所有人都被拒之门外，要谈论那发生的一切太可怕了。我被鬼包围。我自己也是个鬼。这个鬼每天早上去学校，坐在课堂上，却无人发现。学校变成喘气的空间，我的恐惧在那儿有所减轻。我的私生活在闹鬼。一切被颠倒了过来。

那时候我怀疑所有的宗教，我拒绝祈祷。如果危机晚出现几年，我会把它当成启示，某种唤醒我的东西，就像释迦牟尼的四次遭遇（和老者，和病人，和死尸，和丐僧）。我会对那些闯入我夜间意识的变形的病人多一点同情少一点恐惧。但那时，我陷入恐惧之时，带宗教色彩的解释并没有提示我。没有祈祷，只有试着用音乐驱魔。正是那个时期，我开始认真地捶击起钢琴。

而我一直在长个。在秋季学期开始时我位于全班矮个行列，到了期末我变成了最高的一个。好像笼罩我的恐惧是一种催植物疯长的肥料。

冬天快结束了，白日越来越长。如今，奇迹发生了，我生活中的黑暗也在撤退。这过程是渐进的，在我完全明白是怎么回事才结束。一个春天的晚上，我发现恐惧已处于边缘。我和几个朋友坐在一起讨论哲学（并抽着雪茄）。到穿越明亮的春夜步行回家的时候，我已完全没有恐惧在家等我的感觉了。

这毕竟是我经历的东西。也许是最重要的经历。而它要结束了。我认为它是地狱，它却是炼狱。

拉丁语

1946年秋，我上了高中，分在拉丁语班。我拥有一批新老师。以前的毛勒、撒旦、"呆子"等人，被菲雅拉、费多、里兰、姆斯特和"公山羊"所替代。最后一个最重要，他是班主任，对我影响很大，但当时与他作对时，我不愿意承认这一点。

一年前，在他成为我班主任之前，我们有过某种瞬间的戏剧性接触。我当时迟到了，在学校的走廊里奔跑。这时走廊的另一头跑来了一个男孩，一个邻班同学，他是G，一个出了名的留级生。我们急刹车，但还是撞了个满怀。急刹车会引发暴力。而且当时走廊里只有我俩。G抓住时机向我攻击，他右拳狠狠地击中我腹部。我两眼发黑，倒在地上，像十九世纪小说里的小姐哼哼地呻吟着，G一溜烟地跑了。

黑暗消失，我睁开眼睛，发现一个人影向我俯身。一个拖长的带着抱怨的声音，几乎绝望地重复问道，"这究竟是怎么回事？这究竟是怎么回事？"我看见一张粉红的脸和一撮精心修理的粉白的山羊胡。那脸溢出焦虑和不安。

这声音，这脸，属于教拉丁语和希腊语的教务主任佩·文斯特罗姆，又名佩勒·文斯特，又名"公山羊"。

他没有追问我，看见我能自己站着离开现场，而显得心满意足。由于他真的表示出不安，几乎关心的样子，他在我心目中留下了此人心地善良的印象。这一印象到我们陷入冲突时仍还保存着。

"公山羊"外表非常绅士，举止充满戏剧色彩，为搭配那束白色山羊胡，他常常戴着一顶黑色的宽边礼帽，穿着一件短大衣。冬天最简约的外套。这装束很容易让人联想到吸血鬼，从远处看，他精致完美，富有装饰性。而从近处看，他的脸则蒙着一层无可奈何的阴霾。

他半吟半唱的语调，是他个人对哥得兰岛方言的发扬光大。

"公山羊"患有慢性关节炎，走路一瘸一拐，但动作迅速敏捷。他总是像演戏一样地步入教室，把皮包随手抛向讲台，几秒钟后，你就会发现今天他的脾气是好还是坏。寒冷的晴天，课上得温婉动人，阴冷的雨天，课就在一种沉闷揪心的气氛中爬行，并不时暴跳如雷。

他属于那种除了当老师，无法想象可以从事其他职业的人。甚至可以这样说，你无法想象他除了教拉丁语，还能干其他行业。

高中第二年，我开始了自己的现代诗写作。与此同时，我也阅读古代诗歌，当拉丁课从讲战争、议员、领事的历史教材过渡到卡图卢斯、贺拉斯，我就欢快地隐入"公山羊"主讲的诗歌世界。

反复琢磨诗句，让人受益匪浅。课是这样上的，学生先读一节，比如贺拉斯的：

Aequam memento rebus in arduis

 servare mentem, non secus in bonis

  ab insolenti temperatam

   laetitia, morituri Delli!

——翻译!"公山羊"喊道。

——带着淡定的心态……嗯……嗯……记住,带着淡定的心态……不……淡定心态……在逆境中保持淡定心态……而不是相反……嗯……不,同样,在顺利……顺境中……哦,能够超越……嗯……嗯嗯嗯……淫逸骄奢,你,平庸的戴柳斯!

闪光的罗马诗歌这下确确实实从天上摘了下来。接着,底下一节,拉丁语的贺拉斯又和美妙精准的诗句出现了。这种脆弱的平庸与坚韧的崇高的转换,教会了我很多东西。这是诗的前提,也是生活的前提。某个东西通过形式(形式!)上升。毛毛虫的脚消失,翅膀打开。人不能失去信心!

但可惜"公山羊"并没有发现我迷恋古典诗歌。在他眼里,我只是一个暗中挑衅,在中学就发表"四十年代风格"的晦涩的现代诗的小年轻。那是1948年秋。他读着我用小写字母开头,没有标点符号的作品,读了之后恼羞成怒。我加入了横冲直撞的野蛮行列。贺拉斯是不受这类人欢迎的。

他对我的印象在一堂讲十三世纪生活的中世纪拉丁文的课堂上变得更加糟糕。那天天气湿冷,他关节作痛,等待发作。他突然问,谁是跛腿埃里克——此人在教材中多次被提到。我说他是格林雪平市的创建者。我的回答纯属条件反射,想缓和课堂上的紧张气氛。

"公山羊"不光当下生了气,甚至给这学期我的拉丁课都记上了"警告"两字。他在一张给家长的纸条上简短地写道:"该学生上拉丁课不认真。"由于我的拉丁课成绩优异,我只好把纸条看作不是对拉丁课,而是对我整个生活的警告。

到高中最后一学期,我们的关系好转了许多。到毕业考试时,我们变得几乎肝胆相照起来。

大致就在那时,贺拉斯的两种短诗体和萨福体以及四行体诗进入了我自己的写作。毕业的第一个夏天,我用萨福体写了两首诗。一首诗是《献给梭罗的颂歌》——这首诗在最珠光宝气的部分被删掉之后压缩成了《致梭罗的五首诗》。另一首是《风暴》。我不知道我的第一部诗集出版后,"公山羊"是否读过里面的这几首诗。

古典诗体。我怎么会选用这一形式。它纯属冥冥中的安排。我把贺拉斯看成同时代的人。他和勒内·夏尔[1]、洛尔克[2]或埃纳尔·曼[3]一样。我的这种看法天真得不免有些世故。

---

1 勒内·夏尔(René Char, 1907—1988),法国诗人。
2 奥斯卡·洛尔克(Oskar Loerke, 1884—1941),德国诗人、小说家,作品带有表现主义和魔幻现实主义特色。
3 埃纳尔·曼(Einar Malm, 1900—1988),瑞典诗人、剧作家。

译后记

一

"特朗斯特罗姆去世了!"

3月28日早上我被妻子从瑞典打来的电话唤醒。死讯并非出乎意料——去年8月17日最后一次去拜访托马斯时,我似乎已感受到了某种预兆。

二

托马斯还是像以前那样坐在轮椅上。我们还是像往常见面时那样拥抱。莫妮卡还是照例端上了咖啡、甜点和威士忌。但我们才刚聊了十来分钟,托马斯就打起了瞌睡。以前,在他获诺奖前,即使是前年,每次去看他,他总精神抖擞地陪着喝上一两杯,直到客人散去。

我和莫妮卡交谈着,她第一次用忧伤的语气说:"诺贝尔奖来得太晚了。"其实我知道,这个奖项的到来并未给他们的生活带来实质性的变化。但要是诺奖早十五年或十年颁发给托马斯，那么他们能很好地享受这奖项，比如每年冬天可以去南欧居住一段时间，而不是因经济原因，只能在那里逗留一两个星期。

我发现莫妮卡突然老了，而且显得疲惫。这位自1990年以来，一直精心照料着自己半身不遂的诗人丈夫的女人，脸上蒙着一层沉重的阴云。

特朗斯特罗姆去世了。他诗歌的崇拜者再也听不到他用左手弹奏钢琴了，也再也看不到他智慧清澈的眼神和孩子似单纯的笑容，或仰慕他橡树似的宁静和神秘——你打量他时，会发现星光正从茂盛的树冠里倾洒下来，或就像诗人在《风暴》一诗中描述的：听到星星在自己的厩中跺脚。

死亡，是特朗斯特罗姆诗歌世界里反复出现的一个主题，从他的全集的第一首诗《序曲》到最后的俳句，始终闪晃着死神的影子。他在一首精美的短诗《一九六六年——写于冰雪消融中》这样写道：

> 我紧紧抓住桥栏。
> 桥：一只展翅飞越死亡的巨大的铁鸟

死亡是可怕的。他在一首题为《某人死后》的诗中敏感细腻地刻画了死亡的震慑力：

有一个震惊
留下一条长长的明艳惨白的彗星尾巴。
它占据我们。它使电视图像模糊。
它像空气管道上冰凉的水珠云集。

在临近五十岁的时候,他简洁深刻地写道(《黑色明信片》):

生活中,死亡有时会上门
丈量人体。拜访被遗忘
生活依旧在喧嚣。而寿衣
　　　　　在无声中制成。

死亡,在特朗斯特罗姆的眼里,是无时不在而又无孔不入的东西:"我的岸很低,死亡上涨二公分,我就会被淹掉。"但诗人在瘫痪第六个年头,似乎已接受了死亡(《仲冬》):

一道蓝光
从我的衣服里涌出。
仲冬。
冰铃鼓叮当作响。
我闭上眼睛。
有一个无声世界。
有一道裂缝,
那里,死者
被偷运过边界。

三

特朗斯特罗姆去世不久,出版社决定再版他的诗歌全集。我欣喜,借机对全集做了认真的修改,细心的读者一定会发现修改后的版本更具有原诗的气韵。

四

特朗斯特罗姆去世了。但我看见他仍坐在轮椅上,看见我和他仍在干杯,时不时地相视而笑,就像最后一次见他时那样——

> 房门打开。他坐在老地方——轮椅上——等我
> 他获诺贝尔奖之前曾这样坐着
> 他获诺贝尔奖之后仍这样坐着
>
> 一尊坐佛,一块怀抱隐喻的陨石
> 他在倾听。他听到墙另一头的拼杀,叫喊,与呻吟
>
> 轮椅,钢琴,用了一辈子的家具
> 簇拥着他——生活并没有改变
> 只是在我们开始喝酒的时候,他猛地呛了起来
>
> 他睁大眼睛(像害怕被风暴吹空的冬夜的灵魂)
> 望着温和的妻子,望着拜访他的客人

"这里!"我说,"我遇到了我曾经的女友
一个二十年前学哲学的金发美人
而今成了一个信奉耶稣的白毛女……"

他仰头大笑,眼睛闪烁星光
但随即垂下了头,像被钉在十字架上的耶稣

街上沉重的脚步声将我们围住
想在我们的沉默中寻找幸福的捷径
我听见钢琴在唱:"自由存在,有人拒绝进贡!"

但 83 岁的诗人已经入睡。他梦见家具
纷纷飞离房间。一颗滴血的心在欢唱的海水中起落
　　　　——拙作《特朗斯特罗姆在倾听》

　　特朗斯特罗姆去世了。但对一个诗人来说,肉体的死亡若能够换来精神——诗歌——的不朽,无疑是莫大的幸福。特朗斯特罗姆在自己全集的第一首诗《序曲》中写道:"醒,是梦中往外跳伞……穿越死亡旋涡之后/是否有一片巨光在他的头顶上铺展?"事实上,在特朗斯特罗姆与死亡旋涡搏斗了近二十五年后,那道巨光——诗歌的智慧与美——早已在他,一个从梦中跳伞的漫游者的头上铺展开去,而且正转化为一种强大的慰藉力量。

附　录

《维米尔》读解

一个人，尤其诗人，写一位与自己素不相识的艺术家，他一定或多或少在写自己。借题发挥，通过喜欢或认同的人表达自己的情感和思想，或阐述自己的道德取向、审美趣味、艺术理想，等等。特朗斯特罗姆也不例外。他写为印象派奠定基础的透纳，写有史以来最富有诗意的"歌曲之王"舒伯特，写维米尔，写李斯特，写格里格，并给诗取名为《一个北方艺术家》，诗里最亮的字眼是单独占一行铿锵有力的"删减"。诗集中表达了特朗斯特罗姆的诗歌创作理念，即凝练，言简意赅。他的那首谈论"词与语言"关系的《自一九七九年三月》，无疑是范例。原稿四十多行，发表时，缩成了六行，并成了脍炙人口的经典。

《维米尔》无疑再次体现了诗人与画家殊途同归的艺术追求。

维米尔的绝大部分绘画内容是他的日常生活。他的作品，往往是在平凡中现出悠远的寓意和深刻的哲理，既通俗朴实，又神秘莫测，如那幅著名的《读信的蓝衣女子》。

特朗斯特罗姆的诗也通常从日常生活着手：如坐地铁、散步等，并擅长用精准的描述，让读者进入某个具体时空。

随后更换镜头,将细节放大,让流逝的瞬息"散发"意义,展现一个全新的可感可触的世界。

维米尔的画作通常要花很长时间。他基本上都需要两三年的时间才能完成一幅作品,但每一幅都堪称精品。而诗人特朗斯特罗姆一生只发表了一百六十多首诗,每四年出一本薄薄的诗集,但首首都耐人寻味,并于2011年荣获诺贝尔文学奖。

现在就让我们看看《维米尔》这首诗。

诗开门见山,直指主题:"没有安全的世界……"随后,列举了一串活生生的现实世界的场景。我们在这里遇到了诗里关键词:墙。(它共出现九次。)作为一名中国读者,我自然立刻想到数千年古老的长城。防御,保护,屏障,障碍。但"就在墙的另一边:警报拉响/酒店的笑声/哭叫,牙齿眼泪钟声……"冷酷的世界在威胁,在骚扰,在恫吓,在侵害墙内——个人生活的空间。

为了与个人的生活空间——画室的安静,或者,为了与《读信的蓝衣女子》形成鲜明对比,诗用充满戏剧性的笔触勾勒了维米尔当时置身其中的世界:"巨大的爆炸……预感战争爆发而目瞪口呆浑身冒汗的红色花朵。"当读到"预感"一句,一个中国读者自然会联想到杜甫的"感时花溅泪"。这显然是杰出艺术家的共同特点,即具有一种穿越时空的心有灵犀。他们在悲天悯人时,也一定让自己妙笔著春。

> 那里,它们横穿房墙,进入那间明亮的画室,
> 进入将生活百年的分秒,

那些自称《音乐课》
或《读信的蓝衣女子》的作品——
她怀胎八个月，两颗心在她体内悸动。
她背后的墙上挂着一张皱褶的《未知世界地图》。

嘈杂的外界与安静的画室、百年与分秒、现在与未来、女人体内的胎儿（期待）与墙上挂着的陈旧的未知世界，它们被"墙"分割着。或确切说，处于强烈的冲突状态。

但我们被《读信的蓝衣女子》里的蓝色的静所吸引："某种陌生的蓝色材料被钉在椅上。／金铆以迅雷不及掩耳的速度飞入／在那里停驻／仿佛它们从不曾动过。"

把静与动写得如此惟妙惟肖、神秘莫测，也只有像特朗斯特罗姆这种精通禅意写了大量俳句的诗人才能做到。我们静观从动至静的境界，看见金戈铁马变成了白骨，舞裙歌扇化成了荒坟。动，静，孰胜孰劣？

我们也跟着屏住呼吸，打量静中的事物：信、地图、怀孕的女人、空椅子、打开的盒子、看不见的窗子。我们琢磨它们之间的关系。耳朵也和维米尔一样，因外部的压力而嗡嗡作响，仿佛置身一个进入大海的潜水舱。感觉世界在摇晃，随时将破裂。

静静呼吸……某种陌生的蓝色材料被钉在椅上。
金铆以迅雷不及掩耳的速度飞入
在那里停驻
仿佛它们从不曾动过。

是的，神秘永远在静中——只有"静静呼吸"，你才会发现，发现"它们从不曾动过"。你看见金铆留驻蓝色的椅子，如夕阳沉入大海。

"从不曾动过"是一种境界，是美，是灵魂和智慧的高度。因为静，摆脱外界的干扰或诱惑，耳朵嗡嗡作响的"墙另一头的压力"则会"让画笔稳健"。这是静的胜利，也是艺术的恩赐。磨难——即诗开头出现的"牙齿""眼泪""哭叫""爆炸""战争""要求"因此而得以安歇。

注意，诗人在描述《读信的蓝衣女子》，只蜻蜓点水般地点了《音乐课》那幅画。特朗斯特罗姆是一个惜字如金的诗人。他所用的每个字，都有着自己的寓意。音乐是欢乐的伙伴，会给人带来愉悦和安慰。而"音乐课"这三个字，这幅金光耀眼的作品，强化了画室——精神世界——的美好。

这里我们不得不提一下画家维米尔和诗人特朗斯特罗姆的另一个共同点。

维米尔爱用黄、蓝两色。蓝是纯静的象征，给人一种蓝天或大海的清凉感。黄与蓝搭配，给人一种愉悦的感觉，一种冲突的和谐。他的画通常布局简单，尺寸不大，但常给人强烈的视觉冲击。加上他善于描绘光线的来源，画面总弥漫着一种流动优雅的气氛。

特朗斯特罗姆也同样善于使用对立的事物——比如梦与醒、动与静等，或像此诗中的"安全"与"警报"——来呈现他的诗思，给人精神冲击。同画面布局简单的维米尔画作一样，他的诗语言简洁自然，没有花里胡哨的修辞和故作高深的"离异"，具有与维米尔的作品同样的"流动和优雅"。

诗到此笔锋一转,进入升华,即从具体的描述,转为阐述(特朗斯特罗姆几乎从不在自己的诗中雄辩)。"诗应该放弃雄辩",他曾在一个采访中这样说,但此刻,为了"穿墙",他不得不"雄辩"了几句:"穿墙是一件痛苦的事,你会因此而得病。/但这很有必要。/世界是一。但墙……/墙是你自身的一部分——/无论你知道与否,对每个人都是如此。"

从第一段"墙"作为隔离外界的实体,至第六段"墙是你自身的一部分",诗人的视野显然有了飞越,进入哲学层面,即,对立事物仅只是表象,这个世界并不存在安全,外部世界会伤害内部世界,战争会摧毁和平,亲友会伤害感情,要求堆积如山,压力始终在肩上,无人能与世界隔绝。

所以"穿墙很有必要"。因为"世界是一"。从长城到城墙,到各种栅栏篱笆到防火墙,人类一直在内与外、现实与梦想、囚禁与开放、生与死之间挣扎着。墙是我们无法逃脱的自身的一部分,它在你我的身上。而艺术,提供了让我们超越痛苦的可能。

另一种超脱的可能是做孩子。一个两岁孩子不顾妈妈的叫喊,跑进一个巨大的水坑捡球;一个三岁孩子走出屋子,对着地上厚厚积雪和漫天的飞雪说:"妈妈,世界是奶油蛋糕,我们住在蛋糕里。"

对孩子来说,墙并不存在。

孟子说:"大人者,不失其赤子之心者也。"《圣经》也有做孩子才能进入天堂的说法。孩子的心最纯真。任何事情,如果你都能用孩子的眼光来看,那么,呈现在你面前的将是一个崭新的世界。

但这是修炼,是守真抱拙,是超逾,是艺术的福音。穿墙,打破自己和世界的界限,尽管这一行动会让你"因此而得病",但天空最后会感动,会因此而斜靠着屋墙,对空虚做祈祷。而空虚(上帝?)也会因此被感化,把脸转向我们,向我传递希望:"我不是空虚,我是开放。"

于是我们再次注意到读信女子身上的衣服,它仿佛被晴朗的天空染过。

墙被打开,外就是内,空即是开放。新的世界敞开。

李笠

图书在版编目（CIP）数据

沉石与火舌：特朗斯特罗姆诗全集／（瑞典）托马斯·特朗斯特罗姆著；李笠译.—南京：南京大学出版社，2020.8（2025.2重印）
ISBN 978-7-305-23209-1

Ⅰ.①沉… Ⅱ.①托…②李… Ⅲ.①诗集—瑞典—现代 Ⅳ.①I532.25

中国版本图书馆 CIP 数据核字（2020）第 066858 号

Copyright © Tomas Tranströmer, 2015
First published by Albert Bonniers Förlag, Stockholm, Sweden
Simplified Chinese edition copyright © 2020 Shanghai EP Books Co., Ltd.
All rights reserved.

江苏省版权局著作权合同登记　图字：10-2020-233号

出版发行　南京大学出版社
社　　址　南京市汉口路22号　　邮　编　210093

CHENSHI YU HUOSHE : TELANGSITELUOMU SHI QUANJI
书　　名　沉石与火舌：特朗斯特罗姆诗全集
作　　者　[瑞典]托马斯·特朗斯特罗姆
译　　者　李　笠
责任编辑　章昕颖
策 划 人　方雨辰
特约编辑　黄诚政　赵　磊　王文洁
印　　刷　山东临沂新华印刷物流集团有限责任公司
开　　本　860mm×1092mm　1/32　印张 13　字数 260 千
版　　次　2020 年 8 月第 1 版　2025 年 2 月第 7 次印刷
ISBN 978-7-305-23209-1
定　　价　69.00 元
网　　址：http://www.njupco.com
官方微博：http://weibo.com/njupco
官方微信：njupress
销售咨询：（025）83594756

＊版权所有，侵权必究
＊凡购买南大版图书，如有印装质量问题，请与所购图书销售部门联系调换